ALPHAPOLIS
WEB CITY SINCE 2000

ルーントルーパーズ 1
自衛隊漂流戦記

A L P H A L I G H T

浜松春日
Kasuga Hamamatsu

アルファライト文庫

主な登場人物
MAIN CHARACTERS
ハミエーア
マリースアの南海連合
王国の女王。
幼いながらも王としての
威厳《いげん》を備えている。
蕪木《かぶらぎ》紀夫《のりお》
海上自衛隊海将補にして、
艦隊の最高責任者。
現場主義が災《わざわ》いし、
出世コースから外れる。
H・KUZE
JAPAN
久世《くぜ》啓幸《ひろゆき》
陸上自衛隊三等陸尉《りくい》。
偵察部隊を率いて、
マリースアへ赴《おもむ》く。
最近、失恋をした。
市之瀬《いちのせ》竜治《りゅうじ》
久世の部下で二等陸士《りくし》。
小隊では狙撃手を務めている。
若くて生意気《なまいき》。

ラロナ
マリースアの飛行軽甲
戦士団の練戦士。
巨鳥のテールが相棒《あいぼう》。
リヒャルダ
フィルボルグ継承《けいしょう》
帝国軍の将軍。
マリースア侵攻の
指揮を執《と》る。
カルダ
マリースアの飛行軽甲
戦士団の団長。
婚約者に先立たれた
過去を持つ。
ゲンフル
帝国軍に随行《ずいこう》する
魔術師。

目次

序章　依巫《よりまし》

朽《く》ちかけた神殿に、入口の扉を破ろうとする重い音が響いていた。

神殿の最深部である円形の洞窟《どうくつ》内広場にも、それは聞こえてくる。

傷つき、疲れ切った騎士達の表情には、諦観《ていかん》が見て取れた――もう結末は覆《くつがえ》しようがない、自分達にできたのは、それをほんの少しだけ引き延ばしたぐらいだ、と。

皇都が敵の手に落ち、敗残兵をまとめてこの山麓《さんろく》の神殿に立てこもり六日になるが、とうとう正門を突破されようとしている。

じきにここにも敵が雪崩《なだ》れ込んでくるだろう。

五百年にわたって栄華を誇ってきた神聖プロミニア帝国も、今は無惨《むざん》な最後を待つばかりだった。既に神皇帝《しんこうてい》は玉座になく、精鋭と謳《うた》われた近衛聖騎士団《プラエトリアン・ガーズ》もそのほとんどが魔物の腹の中へ収まっていた。この洞窟《どうくつ》を出れば、まだ燃え上がる皇都の赤い夜景を見ることができるだろう。

「ここが落ちるのも時間の問題か……」

「ならば計画を実行に移さねばなるまい」

光魔法《ひかりまほう》の灯《とも》るランプの微《かす》かな明かりで照らされた広場では、老若男女が静かな絶望と狂気を宿した表情で話し合っていた。

彼らは、騎士達よりも前に神殿に逃げ込んだ人々である。拝月神《はいげつしん》に仕える高位の神官や魔法学院の老練な魔導師など、一流の魔法を操《あやつ》ることができる者ばかりだった。

既に死は覚悟している。

しかし、ただで滅びるわけにはいかない。そんな潔《いさぎよ》さは彼らにはなかった。

一人の男が、重く感情のこもらない声を広場の中央にある祭壇《さいだん》へ投げかける。

「よいな？　ヒュムナ」

しゃがれたその声は、有無《うむ》を言わさぬ力があった。

「はい……」

祭壇《さいだん》の上には依巫《よりまし》が静かに座っている。

依巫《よりまし》はまだ幼い年頃の少女であった。

微《かす》かに身体の線が透《す》けて見える白く薄い羽衣《はごろも》に身を包み、声をかけられてなお、深く祈るような表情のまま手を合わせている。

有翼の民の末裔《まつえい》である証《あかし》の白い翼を有し、人形と見紛《みまが》わんばかりのどこか作り物めいた美しさを備えていた。

ここにいる者たちが今実行しようとしているのは、外道《げどう》の行いである。

だが、滅びゆく者にとって、それは希望に他ならなかった。

戦場が、殺戮《さつりく》の宴《うたげ》が、一歩一歩近づいてくる。

黒いローブを纏《まと》い、フードで顔を隠した魔術師たちが、中央の祭壇《さいだん》を囲むように等間隔に並んだ。

全員が静かに同一の言葉を唱える。

それらは洞窟《どうくつ》内に反響し、集まり、うねり、混じり合っていく。

『虚空《こくう》の狭間《はざま》をたゆたう光よ』

じわり、と依巫《よりまし》の身体に刻まれた紋様《もんよう》から鮮血《せんけつ》が滲《にじ》んだ。

『現世と冥界《めいかい》を繋ぐ番兵《ばんぺい》に投げかけん』

少女が苦悶《くもん》の表情を浮かべる。

『有翼の民の血を対価としてここに願わん』

少女の真下にある魔法陣は、溢《あふ》れ出る彼女の血を吸う。

『この世界へ異空の代償《だいしょう》を示したまえ！』

詠唱《えいしょう》の完了と同時に、広場に敵が殺到《さっとう》した。

それからここで起こったのは、一方的な戦いであった。

いや、虐殺《ぎゃくさつ》と言うべきだろう。

騎士達は戦う気力を失っており、ローブ姿の者たちは扱う武器がない。彼らは、次々と乱入する人外《じんがい》の軍団により倒れていった。抵抗らしい抵抗もしない。

しかしその時、倒れ伏す者の顔には絶望以外の感情が宿っていた。そのことに気づく敵兵はいない。

死体は、フードの奥で歪《ゆが》んだ笑みを浮かべ、誰もいなくなった祭壇《さいだん》に虚《うつ》ろな視線を向けていた。

第1章　派遣艦隊出航

その日の神奈川《かながわ》県横須賀《よこすか》市は、曇《くも》り時々雨といった空模様だった。

出港するには、幾分か気が滅入《めい》る天気である。

陸上自衛隊に所属する久世啓幸《くぜひろゆき》は、部下と共に輸送艦の縁《へり》に一糸《いっし》乱れぬ姿で整列し、眼下の海上自衛隊横須賀基地を見下ろしていた。輸送艦の甲板《かんぱん》は、四階建てのビルと同じくらいの高さがあるため、埠頭《ふとう》にいる人々の様子が一望できる。

彼の頬《ほお》を、小雨《こさめ》が撫《な》でた。

埠頭《ふとう》にいる、テレビ局の女性レポーターの甲高《かんだか》い声が聞こえる。

「はい！　こちら海上自衛隊横須賀基地です！　たった今、艦隊が出航しました！　国際協力と言われておりますが、実質は国連平和維持軍《PKF》、いわゆる国連軍へ参加する艦隊の出航です！」

わざと緊迫した口調で話しているのが、久世にもよく分かった。

おそらく夕方のニュースでは、物々しいＢＧＭつきで、自衛隊が海外へ〝派兵〟されていく様子を取り上げるのだろう。

「今回出航するのは、海上自衛隊の最新鋭イージス艦一隻《せき》に守られた輸送艦や補給艦、合計五隻から成る艦隊です。輸送艦に搭乗《とうじょう》する陸上自衛隊部隊も、最新鋭戦車や戦闘ヘリを携行するという、過去の派遣に例のない〝実戦部隊〟を思わせる陣容《じんよう》となっています」

女性レポーターは、レインコートを着た姿で離岸間《ま》もない艦隊を振り返り、カメラに示した。

「弾道ミサイル迎撃艦として建造された最新鋭イージス護衛艦〝いぶき〟を旗艦《きかん》とする、完全武装した自衛隊の海外派遣。派遣先のアフリカにおいて、〝北〟が密輸出した可能性が指摘されている弾道ミサイルが反政府軍により発射された場合、〝いぶき〟は国際法に則《のっと》ってこれを撃墜《げきつい》する任務を負います」

レポーターはフリップを取り出し、そこに描かれた弾道ミサイル迎撃の略図を説明した。

そして、緊張した表情で今回の派遣の異質さを語る。

「このイージス艦〝いぶき〟の派遣には、政府及び防衛省上層部の、ある目論見《もくろみ》が存在すると言われています。それは――」

レポーターはフリップをめくり、去年の軍事パレードで〝北〟が公開した移動式弾道ミサイル発射システムの写真を見せる。

「〝北〟の核武装が実戦投入段階に入ったことが、背景にあるのです」

彼女はフリップを下げ、背後で先陣を切るように外洋へ出ていくイージス艦の後ろ姿を眺めた。

「核ミサイル迎撃能力を持ったイージス艦をアフリカへ派遣し、万が一、反政府軍により弾道ミサイルが発射された場合は迎撃を行う。これにより、日本が核攻撃に対して有効な防衛手段を持っていることを世界へ向けてアピールできます。国際協力の陰《かげ》に隠された、日本政府の目論見《もくろみ》は、緊迫する極東アジアの軍事情勢と無縁ではありません……」

レポーターの声が聞こえなくなった。

陸地が離れていく。

久世の心に、自分達は今から日本ではない場所へ向かうのだ、という実感が湧《わ》いてきた。そして、高揚感《こうようかん》と、まだ見ぬ何かへの恐れがないまぜになった不思議な感覚を抱く。

久世は迷彩柄の作業帽《さぎょうぼう》の庇《ひさし》を少し上げ、埠頭《ふとう》にいる見送りに来た家族や関係者達の中に、ある顔を探した。

ややあって、今年で二十四歳になる久世の誠実そうな、悪く言えばお人好しそうな顔が、空模様と同じく曇《くも》る。

若いが、彼の襟《えり》には幹部自衛官を示す、一本線と桜のマークが一つあった。三等陸尉《さんとうりくい》、普通の軍隊で言うところの少尉《しょうい》である。

そんな青年将校である彼が探していたのは、数日前に彼に別れを切り出してきた恋人だった。

別れたとはいえ、せめて見送りには来てくれるのではないかと、期待したのだ。

しかし、元カレの見送りにやってくる方が、おかしいといえばおかしい。

結局、期待は現実にならなかった。

期待していたということは、未練があったということでもある。

失望した久世は空を見上げた。

小雨程度だったのが、ぽつり、ぽつりと大粒の雨に変わっていく。

「泣いてるんすか、久世小隊長？」

隣に立っている、若い――というか幼いと形容してもいい風貌《ふうぼう》の、新隊員の部下が尋《たず》ねた。迷彩服の胸ポケットの上には〝市之瀬《いちのせ》〟と刺繍《ししゅう》されている。

にしし、と意味深《いみしん》に笑う悪ガキだが、久世とは上官と部下の関係であるにもかかわらず、なぜか気が合った。もしかしたら、思ったことを躊躇《ためら》いなく言える彼の無遠慮さが、自分には逆にありがたいからかもしれないと、久世は考えている。

「泣いてないよ」

正直なところ、強がりだった。

「嘘だぁ、泣いてますよ。彼女さんいなかったんでしょう？」

「元カノじゃバカ」

「なおのこと泣けるじゃないすか……」

ため息を一つつき、まあな、と苦笑してから、久世は真面目《まじめ》な指揮官《しきかん》の顔つきになって埠頭《ふとう》の人々を見た。

ハリウッド映画のように、恋人と抱き合い、キスをして「無事に帰ってくることを祈っているわ」と囁《ささや》かれる。そんな贅沢《ぜいたく》は求めまい。

ただ、守りたいと思った人に傍《そば》にいて欲しいと望むのは、自衛官として贅沢《ぜいたく》ではないと思いたかった。

見送る人すらいないなんて、こんな惨《みじ》めな〝軍人〟があってたまるかと文句の一つも言いたくなる。

彼女の言う通り、防衛大学校を卒業した時に自衛隊幹部の道を敢《あ》えて選ばず、そこそこの会社のサラリーマンにでもなっていれば良かったのかもしれない。

彼女は、最後の最後まで待ってくれていたのだ。

『優しいあなたに自衛隊指揮官《しきかん》なんて未来は似合わない』と。

それは暗に、二人の将来を考えて欲しいという願いだったのだ。

自分は、そんな彼女の願いに気づけなかった。

なんてザマだ、この僕は……

雨が降りしきる輸送艦の甲板《かんぱん》で、久世は自分に愛想が尽き果てた。

「……未練がましい男は元カノ以外にも嫌われるっすよ？」

「お前、今日から三ヶ月便所掃除《そうじ》固定配置な」

「しょ、職権乱用はんたーい！」

「あ！　市之瀬、見ろ！」

久世は埠頭《ふとう》にいる一人の少女を指さした。高校の制服を着た、ツインテールの女の子だった。

「ほら、あそこ。妹さんが心配そうに見送りに来てるぞ」

「あっ！　美奈《みな》!?　……ったく、大丈夫だって言ったのになぁ」

人込みが米粒から次第にゴマ粒になり、そして、完全に水平線の彼方《かなた》へと消えていく。

雨の中、去っていく艦隊を見送る者達にとっても、それは同じだった。


レポーターは、霧の中へと没していくように出港した艦隊を見送ると、締めの言葉を口にした。

「艦隊がアフリカへ到着するのは約一ヶ月後の予定です。到着後は、他の参加国と共に陸上及び海上での実弾演習を展開するなど、反政府軍への牽制《けんせい》を行います。陸上自衛隊はアメリカ軍の後方に基地を設営、医療・給水支援を主とした後方支援を行うとのことです」

自衛隊国連平和維持軍派遣艦隊は、こうして母国を離れた。

その先に何が待ち受けているか、誰にも予想できない旅立ちだった。

◇

イージス。

ギリシャ神話における全能の神ゼウスが、戦術に長《た》ける女神アテナに授けたとされる、最強の盾《たて》。

イージス艦。

イージス・システムと呼ばれる、高性能レーダーとコンピュータを搭載《とうさい》することで、同時に二百以上の目標を捕捉・迎撃する〝システム防空〟が可能な世界最強の防空艦。

自衛隊の、そして日本の専守防衛という理念を最も象徴しているとされる戦闘艦である。

その海上自衛隊イージス護衛艦〝いぶき〟艦内では、『配食始め』のアナウンスと同時に昼食が始まっていた。満載排水量約一万トン、全長百七十メートルに達する、世界的に見ても大型の艦なので、必然的に乗員の数も多い。

だから、食事どきの今、一般乗組員用の食堂である科員《かいん》食堂は非常に賑《にぎ》わっている。

一方で、幹部隊員専用の食事が提供される士官室は、粛々《しゅくしゅく》とした雰囲気《ふんいき》に包まれていた。

艦の中で、ここだけは落ち着いた印象を受ける。

「司令臨場、気をつけっ！」

幹部の一人が声を上げ、長テーブルに座る幹部達が一斉に姿勢を正した。

そして、すっと士官室に入ってきた一人の男が、上座《かみざ》に腰をおろす。

男は、幹部達と同様に航海中の服装である黒の作業服を着ていた。

一見すると、若く見える。

しかしそれは、雰囲気《ふんいき》によるものだった。実際は中年なのだが、身のこなしにキレがあるのだ。背筋は伸びており、そこらの若者よりも覇気《はき》があった。身体こそ小柄だが、それが気にならない威厳《いげん》を備えている。いや、威厳《いげん》というよりは、頼りがいがあると表現した方が正しいだろう。ただ、見た目はどこにでもいそうな、人のよさそうな男性だ。

彼が蕪木紀夫《かぶらぎのりお》海将補《かいしょうほ》、この国連平和維持軍派遣艦隊の最高責任者であった。

「休ませ」

「休めぇ！」

「ああ、後はいいさ。とっとと食べてしまおうか。皆食べてくれ。お、今日は金曜カレーかね？」

真面目《まじめ》だったのは最初だけで、蕪木は号令をかけた幹部を止めた。

大して意味のない、形式化した決まり事を長く続ける必要はないと、彼は考えていたのである。

彼らしい、と笑みを浮かべる幹部もいれば、締まりのない司令だ、と憮然《ぶぜん》とする者もいた。

「相変わらずですね、蕪木司令」

涼やかな声が士官室に響いた。

向かいの席に座る、艦隊の指揮幕僚団《しきばくりょうだん》の首席幕僚《ばくりょう》、加藤修二《かとうしゅうじ》二等海佐《にとうかいさ》のものだった。

ここに居並ぶ幹部隊員の中で、やけに異彩を放つ人物だった。

彼がかけているノンフレームの楕円形《だえんけい》の眼鏡《めがね》は、角度のせいなのか、しょっちゅう光を反射させているため、遠くの甲板《かんぱん》にいても認識できることで有名だった。高校生といっても通用するのではないかと思われる童顔で、むさくるしい風貌《ふうぼう》ばかりの周囲からは浮いていた。時代が時代なら〝参謀〟と呼称される首席幕僚《ばくりょう》の役職にいる人物には到底《とうてい》見えない。

蕪木司令の右腕、それが彼だった。昼食で席がすぐ近くなのはそのためだ。

「指揮官《しきかん》の私がいいんだからいいんだ」

にやりと笑う蕪木の顔は、まるで少年のように生気に満ちている。

彼は、様々な思いの込められた周囲の視線は敢《あ》えて気にせず、カレーを口に運ぶ。

しばらくすると、みんな艦内での数少ない楽しみである昼食に意識が向いたためか、蕪木のことを気にする者もいなくなり、和やかな食事風景となった。

一人、首席幕僚《ばくりょう》の加藤だけが報告がてらに話をする。

「気象班からの報告によると、昨日発生した台風は航路から逸《そ》れるそうですよ」

「ほう、なら安心だ。他には？」

「いえ、別にないですねぇ。ああ、昨日僕が変な夢を見たくらいですよ」

「夢……？」

できるだけ平静を装い、蕪木は加藤へ顔を向ける。

「ええ。よく覚えてはいないんですが……背中に羽の生えた女の子が、血を流して……」

士官室にいる全員が、ぎょっとして彼に目を向ける。

さすがの加藤も、苦笑してごまかした。

「あははっ。すいません、食事中にする話じゃなかったですね」

だが、蕪木はそのまま流すことはしなかった。

「不思議だな」

「え？」

「私も見たんだよ。翼の少女が生《い》け贄《にえ》にされてしまう夢……」

「ええ！　ほ、本当ですか？」

心底驚いたように、加藤が好奇心の強そうな目を丸くした。

生《い》け贄《にえ》……ああ、確かにそんな感じだったような、と唸《うな》っている。

夢、翼の少女、生《い》け贄《にえ》、そして同じ夢を見た部下、か。

「司令、お疲れなのではないですか？」

異様な話をしている上官に、医務官の一人が口を挟んだ。

「そうですよ、何せ今まで苦しい日程でしたから……」

〝いぶき〟の航海長も加わる。

彼らが言わんとしているのは、この艦隊の出動経緯についてであった。

どうして艦隊が編制され、何を任務とするのか――

それは、今から半年前のことだった。

紛争が起きているアフリカのある国で、国連施設が立て続けにテロに見舞われたのが発端だった。

ただこれ自体は、アフリカではよくある光景である。

だが、今回は他と大きく異なるところがあった。それは、テロを実行した反政府軍が、密輸入したスカッドミサイルを始めとする弾道ミサイルを使用し、都市への無差別攻撃を行ったことだ。

核と長距離ミサイル技術の拡散を防ぐ意味でも、国連は米英を中心とした平和維持軍の派兵を決定した。しかし、決めたはいいものの、多数の犠牲者《ぎせいしゃ》を出した九十三年のソマリア派兵のような失敗を、各国政府が恐れたため、頭数がそろわない。そこで、米国が日本へ支援要請《ようせい》をするに至ったわけである。

日本政府は、反政府軍の弾道ミサイルの迎撃に成功すれば、〝北〟の核やミサイルといった瀬戸際《せとぎわ》外交のカードを無力化することができると考えた。それは、拉致《らち》被害者救出にも大きく役立つだろう。

利害が一致した以上、自衛隊派遣へ踏み切るのにそう時間はかからなかった。

一部の党から猛反発があったものの、与党は世論を味方につけて押し切った。

政府は加えて、弾道ミサイル迎撃の世界アピールのために最新鋭イージス艦〝いぶき〟を艦隊へ組み込んだ。更には「ブーツ・オン・ザ・グラウンド」――陸自を投入することで国際社会での地位固めを図ったのである。

『国連参加国としての人道支援』という言葉こそ聞こえはいいが、結局は政治家の思惑や、防衛省で豪華なイスにふんぞりかえっている連中の点数稼ぎのための派遣なのだ。

彼らは、もし自衛隊が何か失敗したとなれば、現場に責任を被せて、命令したはずの自分は反対していたとでも言うつもりだろう。

畜生《ちくしょう》め、と現場一筋の蕪木は思っている。

救いなのか重荷なのかはわからないが、最悪の事態が起こる可能性もあるため、武器・弾薬は今までの海外派遣では例にないほど充実していた。

軽空母並みの巨体を誇る二隻の輸送艦には、陸上自衛隊の車輛《しゃりょう》、各種機材、戦車、戦闘ヘリ、そして弾薬が満載されている。

海上自衛隊は、この最新鋭イージス護衛艦〝いぶき〟の他に、一万九千五百トン級のヘリ搭載《とうさい》艦や、支援艦として大型補給艦まで引っぱり出してきていた。

これは、戦場に行く布陣と言ってほぼ間違いない。

政治家の中には『世界に誇れる日本艦隊』などと喜んでいる者もいるが、そんなのんきな気分で艦隊を編制したわけではないのだ。

だが蕪木は、任務そのものについてはそれほど悲観していなかった。

彼は現場が好きだった。できることなら定年まで艦に乗っていたい。

現場で先頭に立つ者がいないなら、自分が立てばいい。それが蕪木の信念だった。そんな性格が災いして、エリートでありながらこれ以上の出世は絶望視されているのだが。

「蕪木司令や僕が普通に見えたら、むしろ危険信号だよ。医療班は注意してね」

「よしなさい」

加藤二佐が航海長たちに茶化《ちゃか》すような返答をするのを、蕪木はたしなめた。

……こいつも変わり者だな。まあ、史上最年少の砲雷長《ほうらいちょう》だったが、演習で仮想標的だった自艦から反撃して対抗部隊を全滅させるような問題児だから当然か。それに、彼を原隊から首席幕僚《ばくりょう》に引き抜いたのは他ならぬ自分なのだから、文句は言えないな。

蕪木は心の中でそう苦笑しながら、どれだけ食べても嫌いになれない伝統の海軍カレーを口に運んだ。

艦に乗って三十年、食べ慣れた味が心を落ち着かせてくれる。

こうしてゆっくり食事をしている今が、とても大切に感じられた。派遣先で戦争になれば、こんな日常は営めないから。

そんなことを思いながら、蕪木は先刻の加藤の話を反芻《はんすう》してもいた。

……背中に翼を持った少女。

彼女は、何かを求めていたような気がした。

……そう、とても切実に。

いつの間にかカレーを食べることさえ忘れ、蕪木は思考に囚《とら》われた。

同じ夢を見た者がいるからといって、何かが起こるわけではない。それなのに、なぜか胸騒ぎがするのである。船乗りの勘《かん》だろうか。

『そう……あなたたちなのですね……』

「え?」

少女の声が聞こえた。

一瞬、空耳ではないかと混乱した。

だがすぐに、彼ははっとして顔を上げる。

加藤が、カレーの載ったスプーンを宙に浮かせたまま、ぽかんと口を開けて、ある一点を凝視《ぎょうし》していた。

蕪木も彼の視線の先を見る。すると、そこには薄衣を纏《まと》った少女が立っていた。

「なっ⁉」

彼女がいるのは、長テーブルの上、向かい合う幹部達のど真ん中である。

自分は夢を見ているのか⁉

背中に冷たい汗が伝う。

その場が騒然とした。ガタガタと、居合わせた隊員たちが椅子《いす》から立ち上がる。

「お、おい⁉　誰だお前はっ！　どうやってこの艦に侵入した⁉」

「司令、お下がりください！」

部下の一人に制されるが、蕪木はその少女の顔をじっと見つめたまま動かなかった。

「き、君は……！」

彼はつい昨日、彼女を見た。

夢の中で。

腰まである長い銀髪の合間から、薄く白い衣《ころも》が覗《のぞ》き、身体中に幾何学《きかがく》模様の黒い刺青《いれずみ》が走っている。

そして、その背中には、大きな白い翼。

すぅ、と彼女が目を開けた。

『あなたたちに託《たく》すしかないのです』

蕪木がその言葉の意味を理解できずにいると、加藤が彼女に問いかけた。

「託《たく》す？　いったい何をだい？」

この状況で唯一、冷静であるように見える加藤を、少女の優しげな瞳《ひとみ》が捉えた。

そして、加藤の真剣な眼差《まなざ》しを前に、寂《さび》しげに呟《つぶや》いた。

『ごめんなさい……』

「お、おいっ⁉」

再び瞑目《めいもく》した少女に何かを感じた蕪木が、咄嗟《とっさ》に声を上げる。

その瞬間、士官室が薄暗くなった。しかし、照明が落ちたわけではない。

いったい何だ⁉

その場の全員が、背中に嫌な汗をかいた。

少女は小さな声で不思議な旋律《せんりつ》の歌を口ずさみ始めた。

すると、彼女の足下が緑色に淡く光り出す。そこでは、何か模様みたいなものが蠢《うごめ》いているように見える。

蕪木の隣で加藤が、その光を見つめる。

「魔法陣……？」

それは、加藤が趣味で読んでいるオカルト雑誌で目にしたことがあるものによく似ていた。

「何をしてるんだ！　やめろ！」

若い幹部の一人が、少女を止めようとテーブルに上がった。丸腰の少女一人なら、止めることができると思ったのだろう。

「ダメだよせ‼」

嫌な予感がした蕪木が叫《さけ》んだ、その時だった。

ゆらり、と士官室の空間が歪《ゆが》んだ。

今まで体験したことのない感覚に、全員が目の錯覚《さっかく》か、毒ガスによるテロだと思った。

続いて、まるでタールのような闇が、彼女の全身に刻まれた紋様から溢《あふ》れ出た。それは、白いテーブルクロスを浸食して、あっという間に士官室全体を蝕《むしば》んでいく。

「ひ！」

闇は、近くにいた船務長にまで伸びていくと、そのまま彼を包み込んだ。

「うわぁああ⁉」

「た、退避っ……や、やめろぉー⁉」

まるで意思を持っているかのように動く、そのぬめった闇が、逃げ惑う幹部達を呑《の》み込んでいった。

まさに阿鼻叫喚《あびきょうかん》の光景だった。

闇に喰《く》われる！

人間の奥底にある本能が恐怖した。

「ひょぁあああ⁉　お助けぇー⁉」

逃げ遅れた加藤も、悲鳴と共に闇に消える。

士官室で最後まで残った蕪木は、闇から距離を取り、司令として冷静に抵抗を試みていた。

自分に課せられた使命、部下を守るという責務を果たさなければならない。

彼は入口そばの壁にある艦内電話を握った。

「こ、こちら士官室、蕪木……総員……救命ボートを……」

総員退避を命令しようとするが、そこへ闇が覆い被さってきた。

艦の中では広い部類に入るこの士官室だが、一般の部屋としては狭いものだ。闇が追いつくのもすぐだったのだ。

「繰り返す……総員……くぅ……」

闇は士官室だけでは飽《あ》きたらず、窓や出口を通って外へとその手を伸ばしていく。艦全体を、いや、艦隊そのものを呑《の》み込もうとしていた。

視界全てが闇に包まれた時、蕪木は最後の手段として、この〝いぶき〟への撃沈命令を出そうとした。だが、遠のいていく意識の中、艦内電話を握る手からも力が奪われていき、やがて絶望の淵《ふち》へと追いやられた——

◇

「う……」

仰向《あおむ》けに倒れたまま、久世は目を覚ました。

彼は最初、自分が俯《うつぶ》せに倒れていると勘違《かんちが》いした。というのも、視界が何かによって遮《さえぎ》られていたからだ。その〝何か〟を甲板《かんぱん》と思っていたのである。しかし、そうではなかった。冷たい甲板《かんぱん》の感触が背中に感じられる。今自分は、仰向《あおむ》けに倒れ、空を眺めているらしい。視界を遮《さえぎ》っているのは周囲を包む霧だった。

「はっ⁉」

あ、あの気味の悪い黒いウネウネは⁉

彼は上体を起こし、周囲を見回す。

イージス護衛艦〝いぶき〟から溢《あふ》れ出した、あの謎の闇のことを思い出していた。

自分は確か、あれに呑《の》まれる前、甲板《かんぱん》上に固定してある車輌《しゃりょう》の固縛《こばく》外れや、潮風《しおかぜ》による車輌《しゃりょう》の傷《いた》みがないかといった、点検作業を行っていたはずだ。車輌《しゃりょう》の管理責任者である自分の仕事なのだが、おかげで堂々と外に出ることができるので、半分は息抜きとしてやっていた。そこまでは覚えている。

まだ夢の続きを見ているのだろうか。霧がかかっている周囲の光景は、そう思わせてしまうほど幻想的なものだった。

おまけに、誰もいない。

彼のいる艦尾近くからは、艦が進んでいることを示す白い航跡が見えた。大きな機関音も聞こえてくる。今この輸送艦は、幽霊船ではなく生きた船として動いているのだ。

彼はなぜか、そのことにとても安心した。

「に、してもさっきのは一体……」

まさか自分一人だけが見た幻覚だろうか。

とにかく、艦内に戻って部下の安否を確認しなければならない。目を覚ましたら立ちこめていたこの濃い霧といい、あの黒いうねうねといい、尋常《じんじょう》ではない。

なんとか、立ち上がる。

痛むところはない。少し頭にもやがかかったような感覚が残ってはいたものの、意識は完全に覚醒《かくせい》している。すぐに良くなるだろう。

久世が、急いで艦内へ続くハッチに向かおうとしたときだった。

女の声がした気がする。

不思議な旋律《せんりつ》が霧を伝って彼の耳に届いた。

まるで引き留められたように、彼は足を止め、声の方を向いた。

岩礁《がんしょう》だろうか、乗っている輸送艦の右舷《うげん》二百メートルほど先に何かが見える。声はそこから流れてきているようだった。

「なんだ？　歌？」

誰が歌っているのだろう、ここは太平洋のど真ん中のはずだ。

彼は広大な甲板《かんぱん》を見渡すために用意していた双眼鏡を手にする。

レンズ越しの世界が彼の眼に映し出された。

輸送艦が進むにつれ、霧中へと消えようとしている岩礁《がんしょう》に、彼ははっきりと見た。

「う……そだろ……!?」

そこには数人の人影があった。

最初はアシカなどの海棲《かいせい》動物が横たわっているのかと思ったが、そうではなかった——

久世は凍り付いたようにその光景を凝視《ぎょうし》し、霧の中へ没していく岩礁《がんしょう》を見送る。

「久世三尉！　こんなところにいたの！」

突然、背後で女性の声がした。

振り向くと、そこに立っていたのは若い女だった。

年齢的には二十代後半、久世と同様に陸自の迷彩服姿だ。

「板井《いたい》中隊長!?」

彼女の姿を見るなり、彼はその名を叫《さけ》んでいた。

板井香織《かおり》一等《いっとう》陸尉。

彼の所属する中隊の中隊長である。

彼女はいわゆる女性自衛官《WAC》というやつで、久世が防衛大学校にいた頃の先輩に当たる人物でもある。

……大学では鬼先輩として彼をシゴき倒し、任官後はドS上司としてイビり倒している恐怖の存在だった。

それでも、やっと生きた人間、それも自分と関係のある人物と出会えた。

姿を認めるなり、久世は弾かれるように彼女のもとへ駆け寄った。

途中、あまりに気が動転していたため、足がもつれて転びそうになった。

「ほ、報告しますっ！」

「ど、どうした……の？」

久世のかつてない形相《ぎょうそう》に、彼女もたじろいでいた。

肩までのセミロングの髪が潮風《しおかぜ》に揺れている。黙っている分には、美人と形容して差し支《つか》えない容姿である。

「い、い、い、今、本艦右舷《うげん》に、『人魚』の群れが！」

必死にその方向を指さす。

板井が指の向かう先を何事かと確認するが、そこには濃い霧がかかっているだけで、もう何も見えなかった。

彼もそのことに気づいて呆然《ぼうぜん》とする。

すると、上官はそっと彼の肩に手をかけ、心配そうな表情を浮かべた。

「……落ち着いて久世三尉。どこか痛むところはある？」

「へ？」

「君は気を失ったショックで混乱しているの。大丈夫、医務室に行きましょ。自分で歩ける？」

「う、嘘じゃありません！」

「うん、そうね。詳しくは医務室へ行ってから聞こう」

普段なら絶対に見せないこの優しさが少しだけ嬉しかったが、じれったくて仕方がない。

「ちょっと待ってください！　ホントなんですよぉ！」

「ええ、分かってるわ。さあ、艦内へ戻りましょ」

彼女には格闘訓練でいまだに勝てたことがない。がっしりと腕を掴まれ、連行されるように引きずられていく。徐々に久世の叫《さけ》ぶ声が小さくなっていった。

やがて甲板《かんぱん》から二人の姿が消え、再び静寂《せいじゃく》が海原《うなばら》を支配した。

スクリューの巻き起こす白い航跡が、はっきりと海面に浮かび上がっている。

ややあって、その航跡の横で、ちゃぷん、と微《かす》かな音がした。

それが、数人の少女が海中から顔を出した音であることに気づく者はいない。

彼女らの先には、あてもなく進んでいる輸送艦の艦尾がある。

少女たちは三人とも、人形のように整った顔で小首を傾《かし》げると、心配そうな表情で再び海中へと潜《もぐ》っていった。

彼女らの〝尾鰭《おひれ》〟が立てた泡が、スクリューの起こした航跡の中で躍《おど》っていた。

第2章　アルゲンタビス

風を切って飛ぶのが、彼女は好きだった。

ゴーグルの向こうには、吸い込まれそうなほどに蒼《あお》い海原《うなばら》が広がっている。

マリースアの夏の潮風《しおかぜ》を感じる。世界がどんな惨状《さんじょう》になっていようとも、とりあえず夏はちゃんとやってきてくれるらしい。

彼女――ラロナは、まるで熱い血潮《ちしお》のように紅《あか》い髪をかき上げた。

女だというのに肩にもかからない長さなのか、とよく髪のことを莫迦《ばか》にされるが、彼女はこの髪型を気に入っていた。それに、あまり長いと、強風に叩《たた》かれることが多い飛行時には邪魔になる。

そんな女っ気の欠片《かけら》もない無造作なショートカットでも、彼女には独特の野性的な魅力《みりょく》があった。ただ、勝ち気そうな顔つきと合わさり、遠目だと少年に見えなくもない。

眼下に広がる海原《うなばら》と同じ蒼《あお》い瞳《ひとみ》には、一点の曇《くも》りもない。

彼女は身に着けている物を確認する。飛行中何度も確認しているが、どうしても気になっ

ない。

空を飛ぶ人間はひょんなことで物を落とすので、確認作業が癖《くせ》になるのは当然かもしれてしまう。もはや癖《くせ》だった。


（続き）


まず、着けているのを忘れるくらい軽い短胸当て《ハーフ・ブレストプレート》。役割としてはほとんど儀礼的な、部隊識別用である。胸当ての中央には、鳥のシルエットに槍《やり》と短剣《カトラス》が交差した〝飛行軽甲戦士団《アヤム・エラング・サチュアン》〟であることを示す紋章《もんしょう》が輝いている。

オリーブ色の穿《は》き古された短パンに、腰には白兵戦用の短剣《カトラス》。長時間の飛行で足が傷つかないように濃紺《のうこん》のニーソックスを履《は》いているが、どれもそろそろ買い換えどきだった。

「はっ！」

彼女は気合いを入れて手綱《たづな》を操《あやつ》った。まだ十五歳になったばかりにもかかわらず、その動作は手慣れたものだ。

今、晴れ渡った空を飛んでいる。

乗っているのは、〝鳥〟だった。

鳥といっても、当然普通の鳥ではない。翼長だけなら竜並みの巨大種である。

アルゲンタビス。

人を乗せ、人と飛ぶ、大いなる鳥。

外見はハヤブサに似ており、その偉容《いよう》にふさわしい知性も、ある程度備えている。

世界的に軍・商用に飼い慣らされている種であり、一般には〝巨鳥《きょちょう》〟と呼ばれて親しまれていた。

ラロナが小柄とはいえ、人ひとりの他に旅道具一式を乗せて長時間飛行していられるその馬力――ならぬ鳥力は、かなりのものだ。

竜と比べれば安価に手に入れられることなどから、一般的には伝令や偵察《ていさつ》といった比較的細かい任務を担《にな》う場合が多い。だが、数が揃《そろ》えられる名産地では、軍に専門の部隊が編制されることもあった。

ラロナの属する部隊がまさにそうである。

マリースア南海連合王国軍・飛行軽甲戦士団が正式名称だ。

周辺に点在する島々と、デメテル大陸の一部を領土とする連合国家が、彼女の母国である。彼女は大陸内陸部の山育ちだったが、この美しい海原《うなばら》がとても好きだった。そのため、哨戒《しょうかい》任務という地味な仕事もそれほど苦にはならない。

「テール！　気持ちいいなぁー！」

巨鳥の背中に装着された専用の鞍《くら》に跨《また》がり、彼女は軍に入隊してからずっと組んでいる〝相棒〟に語りかけた。

キュエ、と甲高《かんだか》い声で、テールと呼ばれた巨鳥は応じる。

「うんうん。そうだろー」

ラロナがカッカと笑う。

鳴き声や表情から、巨鳥の言っていることがある程度、彼女には分かるのだ。その人外《じんがい》じみた能力のおかげで、彼女は飛行軽甲戦士団の鳥騎手《ちょうきしゅ》に選抜された経緯がある。

マリースアは海洋国家だが、デメテル大陸にある国境線付近には山脈が広がっている。そこの山岳民《さんがくみん》である彼女は、鳥と共に育った。険《けわ》しい山岳地帯では、巨鳥は昔から重要な輸送・連絡手段なのだ。しかも彼女は、十年前の国境紛争で家族を亡《な》くして以来、鳥達が家族のようなものだった。彼女からすれば、家族と話せるのは当然のことという感覚だ。

その能力を活かして、彼女は部隊に配属されてくる新人と、それに乗る鳥との相性を見てやったりもしている。周囲は彼女の能力を半信半疑で見ているが、本人は至って真面目《まじめ》だった。

——と、彼女の表情が不意に険《けわ》しくなった。

潮の香りが変わったのを察知したのだ。

いや、潮の香りというより、場の雰囲気《ふんいき》が変化したといったほうが正確だろう。

重く、まとわりつくような空気。

水平線を確認すると、霧のかかった海域が近づいてきていた。

「……もう少しで『人魚の海』か」

だいぶ飛んできたな、と彼女は呟《つぶや》いた。

そこには、決して霧の晴れることがない魔の海域が広がっていた。

〝大継承戦争〟の頃に、戦火を逃れてきた最後の海棲人《マーフォーク》たちが棲《す》み着いた場所である。

なぜこの海域に棲《す》み着いたのか、はっきりとしたことは分かっていないらしい。研究も進んでいない。王立教養学院の研究者の間では『閉鎖環境を作ることで種族を守っている』という説が有力だ。

なにせ、霧の中へ迷い込んだが最後、生きて帰ってくる者はほとんどいないという海域である。研究が進まないのも仕方がなかった。あの海域の奥深くには、世界の切れ目があるのだ、という奇想天外な説まで流布《るふ》しているらしい。

だが彼女にとって、海域の真実なんかどうでもよかった。

大継承戦争といえば神話の域、一千年以上前の話なのだ。そんな時代から存在し続ける、詳細不明の場所など、自分にはどうしようもないとしか言いようがない。

それよりも重要なのは今の任務だ。

現在の彼女の任務は、領海の哨戒《しょうかい》だった。

早朝に王都を出て、ほぼ一直線に飛んできた。正午に差しかかろうという今の時刻で、人魚の海に到達するのはかなり早い。夏風が強く吹き、テールがそれに乗れたからだろう。天気に左右される巨鳥の速度と行動範囲だが、今日は運が良かったようだ。

この海域は、人魚の海の影響があって船や商用巨鳥の往来は少ない。辺境と言って差し支《つか》えのないところだ。

だが、海を挟んだ向こう側のルールイエ大陸に比較的近いため、敵の侵攻ルートになりうる、軍事的には重要な地域だった。

敵――つい二ヶ月前に、ルールイエ最後の防波堤《ぼうはてい》と言われた神聖プロミニア帝国を滅ぼした国である。ルールイエ大陸を僅《わず》か五年でその手中に収め、このデメテル大陸に迫らんとしている。

それが、フィルボルグ継承帝国。

ご丁寧《ていねい》なことに、自らが世界の継承者であることを強調するため、国名に継承の名を刻んでいる。

ラロナはじっと対岸を監視した。

そこは継承帝国の手に落ちた、かつてのプロミニア領である。

無論、この方向から敵船団が現れるとは限らない。

それに、継承帝国はプロミニアとの戦争で、ある程度損害を受けている。立て直すには時間がかかるだろう。また、海を越えて軍勢を上陸させるには相当な準備が必要なはず。

だから、今の段階でそこまで張り詰める必要もないだろうというのが、戦士団の考えだった。

しかし、ラロナは普段はずぼらな性格だが、任務については生真面目《きまじめ》だった。

今も気を抜かずに水平線を観察している。

彼女は目がいい。巨鳥乗りに必須の身体条件だが、仲間の中でも飛び抜けていた。

「ん……?」

警戒していなかった人魚の海から気配を感じる。

彼女の動物的な勘《かん》はよくも悪くも当たることが多く、本人もそれを信じていた。

ラロナは身体を緊張させ、感覚を研ぎ澄ます。

その瞬間だった。

ボオー、と正体不明のけたたましい音が辺りに響き渡る。

あまりの大音量に、彼女は手綱《たづな》を取り落としそうになったが、すんでのところで堪《こら》えた。

そして、彼女は霧の中から現れたその〝存在〟に気づいた。

「な、何なんだ……!? これ!?」

ラロナは眼下の〝物体〟に対して、形容すべき言葉が見つからなかった。

灰色の何か。

彼女に分かるのはそれだけだった。

「もしかして……帝国の船?」

海の上に存在し、そして一定の方向へ進んでいるのだから、それはいわゆる船に違いない。だが、船ならば備えているはずの、帆《ほ》やそれに類するものは一切見つけられなかった。

にもかかわらず、その物体は白い航跡を引きながら、海の上を風のように速く進んでいる。

それだけではない。この物体はあまりにも大きいのだ。マリースアの港を利用する巨大な交易輸送船でさえ、この船の半分もないはずだ。

いくら大国である継承帝国でも、このような巨大な船を、それも帆も張らずに動くことができるものを持ったという情報は、聞いたことがなかった。継承帝国の海軍といえば、悪名高き《あくみょうだか》海賊集団を母体としたものだが、海賊がこんな船を乗り回すとは思えない。

「し、しかもあっちって!?」

そう、入った者は出られず、また出てくる者もいないはずの、人魚の海。

そこからやってきた異形の存在。

ラロナは総毛立《そうけだ》った。

「と、とにかく、情報を収集しなきゃ」

彼女は必死になって冷静になろうと努める。

自分の任務は哨戒《しょうかい》だ。異状があれば、それを可能な限り調べることが最優先である。

「数は五隻、色は灰色、全体的に角張っていて、人の姿は見当たらない」

彼女は目を凝《こ》らしてその物体の全容を把握《はあく》しようとした。

船ならば、甲板《かんぱん》ではマストの帆を操作する水夫などがいつも忙《せわ》しなく働いているものだが、そういった連中は見当たらない。何から何まで不可思議な船だった。

「テール！　もう少し接近してみよう！」

彼女は相棒と共に旋回《せんかい》すると、高度を下げてその物体に接近を試みた。

◇

「レーダーに感《かん》あり！　目標方位二百七十度《ふたひゃくななじゅう》！　距離二マイルを切ります！　本艦に接近しつつあり！」

イージス護衛艦〝いぶき〟の戦闘情報センター内で、電測員《でんそくいん》が叫《さけ》び声を上げていた。

「なぜここまで探知できなかった？　……そうか、島影に隠れていたのか」

船務長――艦のレーダーや通信を担当する責任者――が呟《つぶや》く。

戦闘情報センターは、別名〝CIC〟とも呼ばれる部署で、戦闘艦の頭脳と言える場所である。艦の奥深くにあり、窓はなく常に薄暗い。広さは学校の教室ほどだ。レーダーやソナーなどの各種探知装置から兵器の火器管制まで、あらゆる情報が集まり、ここで一括《いっかつ》管理、指令が行われる。

壁に配置されている巨大なレーダースクリーンは目標がたった一つ。それを見つめながら、船務長が叫《さけ》んだ。

「国籍は？　SIF照合急げ！　どこの航空機だ？　グアム発の民間旅客機辺りか？」

艦隊は、あの異変があった後、進路を変更して最寄りのグアム島米軍基地を目指してい

た。なぜなら、日本との通信だけでなく、あらゆる交信手段が沈黙状態という、緊急事態にあるからだ。

ゆえに、航空機が飛んでくるとしたらグアム国際空港から、と船務長は考えた。

だがあくまで、それは常識としての予想である。

「当該機ＡＴＣトランスポンダ、レスポンスなし！　国籍不明機《アンノウン》です」

電測員が首を横に振る。

ＳＩＦとは、航空機に搭載《とうさい》されている識別装置のことである。軍用機だけでなく、ジャンボ旅客機クラスなら必ず搭載《とうさい》している装置で、機体のパーソナルデータを周囲に知らせる機能がある。その反応がないということは、相手はＳＩＦ送受信機を持たない古い小型の民間機なのだろう。

「無線で呼びかけるんだ。国際周波数を使用。出るまで続けろ」

電波そのものが消失状態にある中、たった一機でも航空機が現れたのは幸いだった。

だがその時、艦橋《かんきょう》から連絡がサンドパワー伝いにやってきた。

自衛隊の艦艇で使用されている艦内通信機であるサンドパワーは、無電池電話とも呼ばれる。声の振動を電気信号に変え、艦内程度の距離であれば電源なしで使用できる通信機である。いわば高度な糸電話である。

『ＣＩＣ！　目標とコンタクトは取れたか!?』

船務長は、艦橋からの航海長の通信がやけに慌《あわ》てていることに違和感を抱く。

おそらく、この距離ならもう艦橋の方では目視できているはずなのだ。

「こちらCIC、当該航空機には国際周波数にて呼びかけておりますが、向こうの通信機の不調か返信は……」

『航空機だと⁉　バカこけ！』

艦橋からの通信は、ほとんど悲鳴に近かった。

『あれは〝鳥〟だ！』

「鳥……？　イージス艦のレーダーがこの距離で鳥の群れを識別できないわけが……」

イージス護衛艦の三次元レーダーは、同時に二百以上の目標を捕捉・追尾が可能なほど高性能である。たかだか数キロ単位の距離で、ここまで強い反応を示す物体を誤認するとは考え難《にく》かった。

だが、艦橋は怒鳴《どな》り返してきた。

『違うっ！　鳥の群れじゃない！　翼長十五メートルはある巨大な鳥の怪物だ！』

「よ、翼長十五メートルの鳥⁉」

艦橋からの通信に、船務長は愕然《がくぜん》とし、思わずレーダースクリーンを見た。艦橋にいる連中は、あの霧の海の中で幻覚作用のあるガスでも吸ってしまったのでは、と一瞬疑う。

「せ、船務長……あ、あ、あれ」

だが、ＣＩＣのモニターにようやく映し出された艦外カメラの映像に、その場の全員が絶句した。

そこには、巨大な鳥と、それに跨《また》る赤い髪をした一人の少女の姿があった。

鎧《よろい》のようなものを身に着け、腰に剣を提《さ》げたその少女。

隊員達には、まるで古代ローマの兵士か何かのように見えた。時代錯誤《さくご》もいいところの身なりである。

モニター越しに、彼女はこちらを睨《にら》むようにしている。

ヘッドセットを装着し、最新鋭設備に囲まれたＣＩＣの隊員達は、呆然《ぼうぜん》としたまま彼女の視線を受け止めるしかなかった。

◇

「正体不明生物、再度接近ーっ！」

艦橋の側面にある、ウイングと呼ばれる艦外監視場所に詰める隊員が、双眼鏡で目標を追尾しつつ、周囲に向かって叫《さけ》んだ。

直後、レーダーマストの真上をかすめるように巨大な影が通りすぎた。

「うおっ⁉」

バサバサと翼を羽ばたかせる音が重く響き、隊員達がその迫力に身を竦《すく》めた。

首席幕僚《ばくりょう》の加藤は、ハッチを開けて艦橋内からウイングへ飛び出すと、正体不明の巨大な鳥を追った。

「あんな生物が実在するなんて……！」

「グアムにあんな生き物がいたなんて聞いたことありません！」

航海科の海士が、信じられないといった顔で叫《さけ》んでいた。

「ちょっと貸してくれる？」

加藤は、ウイングの監視員にどいてもらい、据《す》え付けられた長距離望遠鏡で鳥を観察した。

（乗っているのは……少年？　いや、少女か⁉）

光学レンズ越しに映し出された赤い髪の少女は、無線機の類《たぐい》は持っていないようだ。そして、海洋文化を思わせる民族衣装《いしょう》のようなものを着込み、腰には剣を提《さ》げている。

鳥の背に跨《またが》り、手綱《たづな》を手にしているので、彼女があの鳥を使役しているのが分かる。加えて加藤には、彼女の行動が、どこか強行偵察《ていさつ》を試みているように思えた。ただの好奇心からの行動とは異なり、絶えず旋回《せんかい》を繰り返すなど、こちらの攻撃に備えて一種の回避行動を取っている気がしたのだ。

（自分達は、何か今とんでもないことに巻き込まれているのでは……）

加藤は、交信手段を持たないことが歯がゆかった。

◇

「少ないけど人がいる？」

謎の船の真上を通りすぎた際、ラロナは自分を見上げている人々の姿を確かに目にしていた。ただ、ずんぐりとしたチョッキのようなものを身に着けたその様子から、彼らの正体を探ることはできなかった。

「一体どこの国の人間だ？」

最初は継承帝国の人間ではないかと疑ったが、やはりどうもそうではないようだ。見知らぬ服装もそうだが、こちらに対して弓矢を射るなどの敵対行動が今のところ見られないからだ。

「分かんない……奴ら何者なんだろう？」

ラロナは、船の周囲を飛びながら考えたが、答えは出ない。

でも、そうした判断をするのは上官の仕事だろう。彼女はそう思い、軍の基本に立ち返り、ここは正確な情報を、一刻も早く持ち帰ることの方が大事だと判断した。

手綱《たづな》を引き、相棒を旋回《せんかい》させる。

「何だろう、凄《すご》く胸騒ぎがするよ、テール……」

自分の感情であるにもかかわらず、ラロナはその不安の正体が分からなかった。

それは、あの異形の船に対しての不安というより、あの異形の船が現れたことで、何かが起ころうとしている、そんな得体《えたい》の知れない漠然《ばくぜん》とした不安感だった。

「急ごう、テール！　王都が心配だ！」

彼女の声に相棒は甲高《かんだか》く鳴き、帰路についた。

◇

クエー……

鳥の鳴き声が徐々に遠ざかっていった。

「行ってしまった……」

加藤が呟《つぶや》いた。

そして、水平線の彼方《かなた》へ鳥が消えると、ウイングから艦橋の中へと戻った。

彼は押し黙り、険《けわ》しい表情を浮かべている。

それは、艦橋にいる者全員に共通していた。

幹部隊員たちも困惑し、信じられないことが起きたと言うだけだった。

しかし加藤は、彼らと違い、必死に今の状況について何らかの結論を出そうとしている。

首席幕僚《ばくりょう》の義務感もあるだろうが、これは彼自身の柔軟《じゅうなん》さや適応能力の高さでもあった。硬直した思考を持ってしまいがちな自衛隊幹部の中では、例外的な存在なのかもしれない。

ざわざわと落ち着かない雰囲気《ふんいき》が艦橋を包んでも、加藤はほとんど動揺を見せずにいた。

「何か、分かったか？」

他の海自隊員と同じく、灰色の救命胴衣と鉄帽《ヘルメット》を身に着けた蕪木が、いつの間にか司令席からおりて隣に立っていた。

蕪木は、異質な存在になりがちな加藤を理解する数少ない人物である。そんな彼に対して、加藤も信頼を寄せていた。

ええ、と明るく蕪木に返事をする。

彼の声で、示し合わせたように艦橋が一斉に静まった。

注目を集めても平然とした様子で、加藤は一つ咳払《せきばら》いをする。

「我々が、士官室に現れた少女によって起きたであろう異変のために現在位置を見失い、濃霧の中を迷走して約二十二時間が経過しました。その間、あらゆる周波数帯が沈黙。通信手段を失ったまま、緊急措置として最寄りと考えられたグアム島の米軍基地を目指す進路を取っていました」

加藤は自分の認識に異を唱える者がいないことを確認して、一呼吸を置く。

「しかし、霧を抜けたと思ったら、あの島です。乗っていた少女の国籍も不明……ただ、これらはさほど重要ではありません。これらは今後の問題であり、根本的な問題ではないからです」

彼は先刻のことについて深く言及《げんきゅう》はしなかった。

代わりに、現在の通信・レーダーの状況を〝いぶき〟の通信士に詳しく尋《たず》ねる。

「霧が晴れた今も、何の電波も傍受《ぼうじゅ》できないんですね？」

「はい」

「故障ではない？」

「三回も点検しましたが、機器そのものに故障はありません」

「衛星位置観測システム《GPS》も、人工衛星からのレスポンスが消失して使用不能……ですね？」

通信士は無言の肯定をした。

加藤は断言した。

「そんなこと、地球上ではありえない」

それは、この場の人間が最も強く感じていた疑問だった。

電波妨害《ぼうがい》をされているわけでもないのに、民間のラジオ電波や衛星通信までもがダウンすることなど絶対にありえない。

ありえないことが起きている。想像もしない事態なので、原因が全く分からなかった。

自然なもの以外の電波の消失。

それはまるで、世界そのものが消失したかのような現象だった。

何人かが加藤の言っていることの意味を測りかねて、ぼそぼそと周囲と相談を始める。

だが加藤は気にせず続けた。

「量子力学の〝多次元解釈〟というものをご存じですか？」

「いや……なんだねそれは？」

蕪木が聞き慣れない言葉に少し驚いた様子で答えた。

加藤は腕を組み、片手の人差し指を立て、教師のような口調で説明を始めた。

「量子力学は〝シュレディンガーの猫〟という思考実験で有名な分野なのですが、極論してしまうと世界は一つだけではない、という仮説があるんです」

「世界？」

「そう、世界です。我々が住む世界には多数の平行世界が存在し、平行しているがゆえに交わらず、我々には知覚できないし、存在を知る術《すべ》もありません」

加藤の淡々とした話し声は、聞く者の耳にすんなりと入ってくる上に、不思議な説得力があった。

「ですが、なんらかの方法で、別の世界にあるものを自分達の世界へ持ってくることができたなら？」

加藤はそこまで言って、眼鏡《めがね》の位置を中指で直した。

「あの、翼を背中に持った少女という〝観測者〟は、自らを〝結節点《けっせつてん》〟とすることで世界を交わらせ、我々を別世界へ引きずり込んだのでは……？　しかし、一体なぜ我々である必要が……？」

「加藤二佐、いったいなんの話をしているのか私にはさっぱり分からんよ」

幹部の一人がヤジを飛ばすように遮《さえぎ》った。しかし、加藤はそれを意に介《かい》さず話を進める。

ただ、少し早く、結論を告げることにした。

「つまり、僕の仮説が正しいなら……世界が消失したのではない」

そして、居並ぶ幹部たちを見回し、彼は言い放った。

「その逆、つまり今、我が艦隊の方が〝平行世界〟に迷い込んだのです！」

◇

マリースア南海連合王国の王都〝セイロード〟。この街は海洋交易都市であり、また城下町として活気にも満ちていた。

夕刻になってしばらく経ち、そろそろ教会の鐘《かね》の音が聞こえてくるはずだった。全てが朱《あけ》に染められた逢魔《おうま》が時《とき》に、悪霊《あくりょう》を追い払う光神《こうじん》の音色である。

都の湾岸線は大きく三日月を描いており、その両側は岬《みさき》となっていた。二つの岬《みさき》には高低差があり、低い岬《みさき》が灯台で、高い方が王城だった。

王城は古くから改築を繰り返している。記録に残っているだけで六回目の拡張整備によって、ようやく今の姿に落ち着いた。人々がその華麗《かれい》さに目を見張る白い王城は、大陸横断街道経由でなくては手に入らない白大理石《しろだいりせき》の城壁で、建築様式は前期光母教建築《こうぼきょう》。五本の天を突く尖塔《せんとう》と、金や真珠《しんじゅ》、翡翠《ひすい》などをふんだんに使用した華美な様式が印象的である。

ラロナの部隊の駐屯地《ちゅうとんち》は、対岸にその王城を望む灯台の足下にあった。岬《みさき》の先端、粗《あら》くしか整備されていない助走路に滑《すべ》り込み、巨鳥のテールを「鳥建屋《とりたてや》」へ入れることもせず宿舎へと急ぐ。

途中、何人かの同僚が、血相を変えて走るラロナに驚いて声をかけるが、彼女は全て無視した。

二階建ての頑丈《がんじょう》そうな石造りの建物へ辿《たど》り着くと、立哨《りっしょう》当番なのであろう幼い少年を突き飛ばして、戦士団長室へと駆け込んだ。

質素《しっそ》な執務室といった室内には、豊かな草色の長髪を持つ妙齢《みょうれい》の女性が座っていた。

海洋人であるマリーア人の国〝マリースア南海連合王国〟の軍に所属しているため、その女性は内地の白い肌をした非マリーア人でありながら、袖無《そでな》しの通気性のよい海洋民風の軍服を着用している。

彼女の名はカルダと言う。

貴族であり、またそれを示す名字を持っていた。

しかし、彼女は自分の名字を部下の前で口にしたことがない。

それは、マリースアが名字を重視しない文化だからだ。

南海連合王国という名であるように、様々な文化を持つ国や民族の連合体がこの国なのである。名字を重要としないことについても、その点が考慮された結果だった。

なお、名字を持たないラロナのような者が、それを名乗る必要に迫られた場合は、母の名前を代用する。マリースアでは、マリーア人の母系文化が伝統的に根強いため、その文化になじみのない山岳民族《さんがくみんぞく》出身のラロナのような者でも、それに倣《なら》うのだ。

「何事ですか？　ラロナ練戦士《れんせんし》」

息を切らして飛び込んできたラロナに向かい、カルダは冷静に尋《たず》ねた。

冷たく感じるくらいの口調だった。

練戦士とは、この国の戦士団で用いられる階級である。下から練士生《れんしせい》・練戦士・戦士・戦隊長《せんたいちょう》・戦士団長……と続いていく。つまり、下から二番目のラロナは、やっと半人前といった階級の兵士なのだ。

マリースア南海連合王国軍には、大きく分けて三つの軍管区がある。王都守備隊、内地軍、島嶼巡邏隊《とうしょじゅんらたい》の三つである。

王都守備隊はその名の通り、王都セイロードを守るための軍団である。女王の身辺を警護する近衛騎士団なども含まれる。規模は他の二つより小さいものの、その重要度は他のどれよりも高い。

カルダやラロナのいる飛行軽甲戦士団も、王都守備隊に属している。

アルゲンタビスを使役するこの戦士団は、あくまで偵察《ていさつ》と伝令に特化した部隊であるため、騎士団のような戦闘部隊に比べると二線級の扱いを受けている。だから、いつも〝鳥《とり》目《め》〟だの〝フン落とし〟だのと、地上の部隊からは小馬鹿にされていた。とは言えそれでも、地方のアルゲンタビスを使役する部隊とは、比較にならないほど地位が高いのだが。

彼女らが低く見られている理由は、非戦闘部隊だからだけではない。

〝戦士団〟であること、それ自体も理由の一つなのだ。

〝戦士団〟と〝騎士団〟の間には、大きな差がある。程度にもよるが、部隊の半分以上が貴族で構成されていなければ、マリースアでは騎士団と名乗れない。これは、この国に限った話ではなく、基準の差はあれ、どこの国にも共通する軍の編制上の慣例だった。

封建社会において身分は絶対だ。

だから、今のラロナも、階級だけでなく、貴族に対する畏怖心《いふしん》もあり、床に片膝《かたひざ》を立てて頭《こうべ》を垂《た》れた。

「突然の無礼をお許しください！　ですが速《すみ》やかにご報告せねばならないことがあるので

す」

カルダは右目にかけていた片眼鏡《モノクル》をそっと外した。

彼女の目は、かつて血が滲《にじ》むような修練の中で負傷したのだと、ラロナは噂で聞いたことがあった。

カルダは動作の一つ一つが洗練されている。さすが貴族だ、とラロナは思った。

カルダが軍服の上に身に着けている黒の槍兵《そうへい》将校用の夏外套《がいとう》は、ユニコーンの家紋《かもん》が入っていなければ、まるで拝月教《はいげつきょう》の修道服のようだった。

日よけのための外套《がいとう》だと聞いているものの、ラロナにはそれがどうしても喪服《もふく》に見えてしまう。過去に恋人を亡《な》くしたという噂は本当なのだろうか。

戦士団長の返事を待つ間、そんなことを考えていると、切れ長の双眸《そうぼう》がラロナを捉える。

カルダの眼光は、高貴さを表す紫水晶のような輝きを放っていた。

「……よろしい。手短に」

ラロナは勢いよく顔を上げ、昼に自分が見たものを早口で捲《まく》し立てた。

人魚の海から何かが現れること自体が大事件である。しかも、出てきたのは、国籍不明の城のように巨大な鉄の船が五隻。

いつもは凛《りん》として冷静な表情を崩さないカルダが、その報告を聞き、うっすらと額に汗をかいた。

「まさか、フィルボルグ帝国か？」

敵国の〝継承帝国〟という傲慢《ごうまん》な名を、マリースア貴族らしく口にしない。

カルダは今、最も問題視している国の名を出した。プロミニア占領が決して対岸の火事でないことを十分に分かっているのだ。

「いえ、私が見た限りではそうではないと……」

少々歯切れが悪そうに、ラロナが答えた。

（まるで、別世界から来たような船だったなぁ）

そんな馬鹿げた表現を思いつく。

ラロナはうっかり笑いそうになるが、貴族の前であるのを思い出して堪《こら》えた。

すると、カルダは大きくため息をついた。

一瞬、笑いそうになったのを気づかれたのかとヒヤリとしたが、そうではないようだ。

「……上からは、どんな小さな報《しら》せでも城へ上げよと命じられている」

カルダは椅子《いす》から立ち上がると、窓越しに夕暮れの太陽を眺めた。

「カルダ戦士団長？」

「練戦士、今この世界はどうなっていると思う？」

カルダの美しい顔には苦悩が見て取れた。

深く、沈痛な表情。部下の前ではまず見せない姿である。

何か、様子がおかしい。ラロナはそう感じた。

「その鉄でできた船と、国籍不明の外国人共……下《くだ》らん妄言《もうげん》にしか聞こえんが、陛下の耳にまで入ることだろう」

カルダは部屋の隅に置いてある槍《やり》を手で撫《な》でた。

「今日、最後通牒《つうちょう》が我が国に届いたそうだ」

ラロナは、その言葉の意味するところを理解するのに、しばしの時間を要した。

そして、カルダが口にしたことが、まだ公表されていない国家機密であることを知る。

心臓が、悪魔に鷲掴《わしづか》みにされたような驚愕《きょうがく》をラロナは感じた。

ごくり、と乾いた喉《のど》を鳴らす。

上官が続ける。

「フィルボルグ帝国が、我が国に宣戦布告した。到底《とうてい》受け入れられん条件で即時降伏《こうふく》まで勧めてきたらしい。よって、明日にも我が軍は臨戦態勢に入る」

カルダは、身を硬くしているラロナをその怜悧《れいり》な瞳《ひとみ》で見つめた。

「……怖いか？　今度はこの国が戦場になる」

まるで部下を試すかのように言った。

「いいえっ！」

だが、ラロナは首を横に振り、決然とカルダを見据《みす》えた。

「戦う覚悟はできてます！　自分もマリースア軍の兵士！　十年前のような戦禍《せんか》は二度と起こさせません！　帝国兵など叩《たた》きのめしてやりますっ！」

カルダは目を細めた。

「……貴様、確か国境沿いの山の出身だったか」

「は、はい！」

「なるほど……」

カルダは、血気盛《けっきさか》んな部下の力強い表情に納得がいったようだった。

十年前、国境線となっていた山岳地帯で資源が発見され、そこを領有するために隣国が侵攻、国境紛争が起きた。その時、多くの村が戦いに巻き込まれて焼かれたという。

おそらくラロナも、そこで家族や故郷を失ったのだろう。それを察したカルダは、少しだけ俯《うつむ》いた。そして、小さく、ラロナには聞こえない声で、呟《つぶや》く。

「二度と起こさせない、か……」

カルダは、目の前にいる赤い髪の少女の純粋さを少し羨《うらや》ましく思った。

冷めた自分にはない激情。それが、どこか懐かしかった。

だが、そんな雑念を振り払うかのように、彼女はラロナに命じる。

「練戦士、明日一番に城へ報告へ行く。貴様は私の従卒《じゅうそつ》として同行しろ」

意外な命令に、ラロナは目を丸くして戸惑《とまど》った。

「え？　あ、で、ですが私は平民ですので簡単に登城は……」

「非常時だ。私のそばを離れないなら誰も気にしない。貴様のその話、私の口からだけでは説明しきれんかもしれんしな」

カルダはそう言って、窓を見やった。

日暮れの太陽が水平線の向こうへ没しようとしていた。これから恐ろしいことが起ころうとしているにもかかわらず、その光景はあまりにも美しかった。

◇

「あ」

輸送艦の中にある、陸上自衛隊員達が生活する居住区画に足を踏み入れると、久世は部下達の視線を一身に受けた。

が、集まった視線は、すぐさま逃げた。

誰も彼もが、さも久世の存在には気づいていませんよといった態度を決め込んだ。

久世はツカツカと、ある三段ベッドの前に歩み寄った。

「とりあえず、賭《か》け金！」

三白眼《さんぱくがん》で、三段ベッドの一番上に毛布を被って隠れていた市之瀬二等陸士《りくし》を睨《にら》み付ける。

この悪ガキが、〝久世小隊長が見たっていう人魚がいるかどうか、ジュース賭《か》けてみましょーよ〟と、小隊の連中に持ちかけたのはお見通しだった。

自衛隊には〝ジュージャン〟と呼ばれる、ジャンケンに負けた者がジュースを奢《おご》るという伝統の賭《か》けが存在するが、それの発展形である。

市之瀬は、久世が腰に手を当てて無言のプレッシャーをかけ続けてくるのに観念し、ノソノソとおりてきた。

「お納めください……」

彼がどこかから取り出したのは、誰かの鉄帽《ヘルメット》。

その中には、大量のお菓子類が詰められている。

しかし、お菓子といっても、適当に集めたのが丸わかりなラインナップだった。スナック菓子ならまだ分かるものの、なぜかさきイカやビーフジャーキーといった、酒のつまみも交じっている。統一感が全くない。これでは賭《か》けになるわけがない。

そう、これは久世に賭《か》け金を没収されたくない隊員たちが、急遽《きゅうきょ》でっちあげた偽物である。

「君らふざけてんの、ねえ⁉」

普段は温厚な久世もさすがに、半ギレだった。

賭《か》け事をしている時点で規律違反もいいところ。しかもその賭《か》けのネタは上官――自分。

「え、と、そのぉ？」

市之瀬が先輩隊員に助けを求める。『共犯者ですよね？』と、目が訴えていた。

その先輩が、更に先輩の陸曹《りくそう》に同意を求める。

陸曹は苦し紛《まぎ》れに言った。

「く、久世三尉、常識的に考えてですね、人魚なんてものは存在しないと判断するのが、至極真《しごくま》っ当《とう》なことではないでしょうか？」

陸曹の言葉に、他の隊員達がうんうんと示し合わせたように頷《うなず》く。

「でも、事実あの巨大な鳥の化け物はいただろう‼」

久世は、自分の証言が今まで妄言《もうげん》扱いされていたフラストレーションを爆発させた。

それには流石《さすが》に部下達も反論できない。

「しっかし、あんな生きもんが空飛んでるなんてありえねえべなぁ」

「んだんだ」

地方出身の部下達がのん気にそんな感想を口にする。

やめておけばいいのに、市之瀬が調子に乗ってそれに続いた。

「で、でもほら、あれですよ久世三尉！　人魚じゃなくて鳥でしたし！」

「人を乗せて飛ぶような鳥がいるのに、まだ信じないのかよ‼」

甲板《かんぱん》上で人魚を目撃したことを信じてもらえず、頭を打って錯乱《さくらん》した『失恋幹部』という扱いを受けたことに鬱憤《うっぷん》の溜《た》まっていた彼は、部下に掴みかからん勢いだった。

「まあまあ、フラれたばかりの久世小隊長がですよ、甲板《かんぱん》で頭打って〝人魚を見た〟なんて言い出したら、そりゃあみんな心配してですね……」

「ネタにして賭《か》けようとしてたのは、どこのどいつじゃ、ボケぇ‼」

ゴン、と市之瀬の頭をドツく。

石頭だったので、ドツいた方が痛かった。

ぷるぷると、彼は右手を押さえて痛みに震える。

その横で、市之瀬がのたうち回っていた。

と――

「……久世小隊は、随分《ずいぶん》と元気あるのねぇ？」

女の声が背後で聞こえた。

その瞬間、全員の顔が凍り付いた。

「っ⁉　小隊気を付けぇ！」

久世は咄嗟《とっさ》に振り返り、小隊指揮官《しきかん》として踵《かかと》を鳴らした。

彼の振り返った先には、クスクスと意味深《いみしん》に笑っている女性自衛官の姿。

板井香織一等陸尉。中隊長その人だった。

冷房が効いて涼しいはずの艦内にあって、嫌な汗が、久世の額から背中から身体のあらゆる箇所から噴き出してくる。

この人がこんな笑い方をする時は、大抵恐ろしいことが起きるのだ。

防衛大学校にいた頃、

『ちょっと宿舎脱走して、コンビニに新発売のスイーツ買いに行ってちょうだい。あ、ちなみに売り切れてたとか言って手ぶらで帰ってきたら、教官に脱走したってバラすから』

と、命令された時も確かこんな笑顔だった。

ちなみに、その新発売のスイーツは、別の地域限定の商品だったのでタクシーを使って買いに行くハメになった。

「いいわねえ、元気なのは実にいいわぁ」

「お褒《ほ》めにあずかり、こ、光栄であります」

板井一尉のドSっぷりは、部隊内で知らない者がいない。その場に、薄氷《はくひょう》の張った湖を歩くかのような緊張が走った。更に言うと、その薄氷の張った湖は、マリアナ海溝よりも深く、ピラニアとサメが泳いでいる。

「……久世くん、ちょっとお話」

「りょ、了解」

部下達の安堵《あんど》のため息が、聞こえてきそうだった。

(グッドラック！　久世三尉！)

(負けるな中間管理職！)

（潔《いさぎよ》く散ってください！）

（遺骨は海にまけばよろしいでしょうか？）

あいつら全員、後で覚えてろよ。久世は満面の笑みで見送ってくれているであろう、それはそれは頼もしい部下達に対して思う。

そして、脂汗《あぶらあせ》をかきながら、先を行く板井の背中を追った。

通路へ出ると、無造作にファイルを渡された。

慌《あわ》ててそれを受け取り、歩きながら目を通す。

久世は最初、そこに列挙されている情報が何を意味しているのか理解できなかった。

何かの任務で、小隊が携帯する物品のリストらしいということだけは、何とか分かった。

だが、その内容が明らかにおかしい。

支給品目の中に、大量の実弾があったからだ。それも、演習とは思えない分量で。

「……こ、こんな時に大規模な実弾訓練ですか？」

久世は思わずそう尋《たず》ねていた。

ただやはり、小隊が完全武装した上に予備弾薬まで持っていくなど、演習でもそうはない事例だ。

板井は歩きながら事もなげに答えた。

「いいえ」

「で、ではなぜこんな武装を……」

「実戦出動だからよ」

当たり前でしょ、と言わんばかりに彼女は背後の久世に一瞥《いちべつ》をくれる。

久世は立ち止まり、ファイルを見つめたまま呆然《ぼうぜん》とした。

「じっせん？」

それを行うための組織に所属しているはずなのに、彼にとってその言葉は、あまりにも非現実的な響きを持っていた。

◇

朝日が昇りつつあった。

イージス護衛艦〝いぶき〟の艦後部は、ヘリ格納庫と、そこから広がる飛行甲板《かんぱん》スペースが存在する。

そこでは、〝いぶき〟艦載機である、対潜哨戒《しょうかい》ヘリＳＨ‐60Ｋシーホークが発艦準備を整えていた。自衛隊機にしては珍しく、白と灰色の塗装が施され、国籍標識の日の丸もついており、軍用機であるというのに一種の美しさがあった。

そこへ、純白の制服を着た男が乗り込む。

出動する部隊の指揮《しき》を執《と》ることになった、首席幕僚《ばくりょう》の加藤だった。見送りに来た、蕪木もいる。

あの鳥の一件から、今後の行動を検討した結果、偵察《ていさつ》部隊を編制し出発させることが、決定されたのだ。

決定的だったのは、イージス護衛艦のレーダーが、本来ならグアム島があるはずの場所に、広大な大陸を探知したからだ。

明らかに、自分達の知っている海域ではない。状況分析のためには、偵察《ていさつ》が避けられない情勢だった。

当初はヘリのみ、あるいは陸自のみで偵察《ていさつ》任務を行う案も出ていたが、加藤が自ら陣頭指揮《しき》を執《と》ると名乗り出たため、彼と陸自による偵察《ていさつ》部隊が編制された。

最終的に決定したのは、司令官の蕪木である。自分の右腕と信じているからこそ、思い切ったこの作戦を許可したのだ。

「護衛には陸自から一個小隊を選抜してもらった」

「そりゃ心強い」

声をヘリのダウンウォッシュとエンジン音にかき消されないよう、互いに耳元近くで話す。

加藤は笑いながら、ヘリの巻き起こす風に制帽《せいぼう》が飛ばされるのを防ぐため顎《あご》ヒモを締めた。

イージス艦の斜め後方を航行している輸送艦の一隻に、暖気運転中の迷彩柄の陸自ヘリと、そのそばで装備のチェックをしている三十名ほどの武装した陸自隊員が見えた。

加藤は事前ブリーフィングを思い出す。

確か、陸自の指揮官の名前は、久世三等陸尉とか言ったはずだ。

自分一人を守るために、陸自の一個小隊、三十二名もの精鋭をつけてくれたのは、冗談《じょうだん》ではなく心強かった。もっとも、最初の案ではその三十二名だけで偵察《ていさつ》させる計画だったので、自分の方がおまけに過ぎないのかもしれない。

「いいか、くれぐれも無茶はするなよ？」

「ええ、分かってますって！」

彼は親指を立てる。

蕪木は苦笑した。普通の指揮官《しきかん》なら、こんな奴に任せて大丈夫かと感じることだろう。

事実、出会った頃の自分はそうだった。

だが加藤は、伝統墨守《でんとうぼくしゅ》・唯我独尊《ゆいがどくそん》と揶揄《やゆ》される海上自衛隊にあって、自らの性格を変えようとしない。ある意味で、気骨《きこつ》がある。

その軽さや、発想の柔軟《じゅうなん》さは、今までの自衛隊にはなかったものだ。

しかも、環太平洋海軍合同演習《リムパック》において、この〝いぶき〟単艦でアメリカ艦隊を壊滅させたことがあるほど、優秀である。

変人か天才、あるいは両方。

それが、加藤という若き海自幹部であった。

彼は、この異常な状況に唯一順応し、打開策を探ろうとしている。

自分のような頭の堅《かた》い老人の出る幕ではないと、蕪木は感じていた。

(異世界、とはな……)

彼はまだ、半信半疑だった。

士官室に現れた翼を持った少女と黒い何か。更には、あの、人を乗せた巨大な鳥。あれだけハッキリ目撃したのに、何かの見間違いではなかったのかと、心のどこかで否定しようとしている。それは、自分が歳を取り過ぎて、もう新しいものを受け入れる余地がないからだ。

その点、加藤は違う。

この任務は、彼にしか任せられないと言っても過言《かごん》ではないだろう。

「……頼んだぞ」

蕪木は、次世代の海上自衛隊を担《にな》う若者を見つめた。

「了解。任してください」

珍しく加藤は大真面目《おおまじめ》に敬礼すると、サイドドアを閉める。

彼もまた、蕪木には一目を置いているのだ。

組織の枠にはまらない若き参謀と、飛ばされてきた司令官。こんなおかしな司令部も他にない。

蕪木が飛行甲板《かんぱん》を退去すると、ヘリが空へと発艦していった。

加藤の乗る海自ヘリを守るように、輸送艦から発艦した三機の陸上自衛隊のヘリが合流する。こちらは陸自の配備する、UH‐60JAブラックホークだ。海自のシーホークと、このブラックホークは同じ機種の派生型同士、つまり兄弟のようなものだった。

加藤は随伴《ずいはん》飛行する陸上自衛隊の姿を眺めた。

ブラックホークは陸自では〝ロクマル〟と呼ばれている。

一機につき二名のパイロット以外に、十一名の隊員が搭乗《とうじょう》することが可能で、久世小隊からは三班三十二名がそれぞれ三機に分かれて乗り込んでいた。

機内では、十一名が向かい合わせになって床に座っている。簡易座席を設置することもできるが、今回のような作戦行動時では乗り降りの邪魔になるので取り払われている。

隊員達は、肩を寄せるようにしてキャビンに収まっていた。物資も積み込まれているので、軽トラックの荷台より少し広いくらいのそこは足の踏み場もない有様《ありさま》だ。

だが、これだけの人員と物資を載せても、千二百キロもの距離を飛ぶことが可能なのが、ブラックホークの強みだった。

陸自隊員達は、上から鉄帽《ヘルメット》と通信機、防弾チョッキ、雑嚢《ざつのう》、関節部を守るプロテクタを身に着け、腰の弾帯には銃剣や予備弾の詰まった弾倉入れを提《さ》げている。完全武装だった。抱くようにして持っているのは、89式5・56㎜小銃。自衛隊が制式採用している国産の軍用アサルトライフルだ。分隊支援火器として、ミニミ軽機関銃を手にする者もいる。

久世は無線機の感明度のチェックも兼ねて、三機のヘリに分散して乗っている部下達に語りかけていた。

「いいか、我々の任務は空からの偵察《ていさつ》、及び、万が一の事態にはあの白いヘリに乗っている海自幹部の護衛だ。出番があるとは思えないが、くれぐれも気を抜かないように。弾薬を大量に携行しているから、管理には細心の注意を払え。安全装置の確認は各班とも抜き打ちでするからな。弾倉入れにタバコやらガムやら突っ込むなよ。手を突っ込んだ拍子《ひょうし》に弾が転げ落ちるからな。一発でも弾を紛失したら始末書もんだぞ。よーし、じゃあ安全唱和！」

『基本に徹した安全確認、無くすな壊すなケガするな！』

久世は自衛隊幹部として最も重要であることを部下に伝え、苦笑する。

自衛隊は、演習中に薬莢《やっきょう》一つ紛失しても、支給品一つ壊してしまっても、重大な問題になる組織だ。しかも、官も民も「安全第一」が叫《さけ》ばれている最近では、訓練中の事故にも敏感《びんかん》になっている。

それが、軍事組織である以前に、公務員組織である……つまりは、お役所の一つに違いない〝自衛隊〟という組織の日常だった。

久世は無線機の調子も良好であることに安心し、コックピットの手前に深く座る。

何も起こらなければ、このまま受け取った弾薬を同じ数だけ数え、書類の「異常なし」の欄《らん》に印鑑《いんかん》を押し、武器の手入れを行い武器庫へ返納、遅めに帰還した場合は部下の食事手配を頼んで、おしまいだ。

そうなるのが当然なはず。

実戦的な訓練が、必ず最後は勝利で終わるように決められているのと同じく、それは揺るぎのないことと思われた。

――と、無線機に誰かの声が割って入ってくる。

「しつもーん！」

「……何だ市之瀬二士？」

誰かと思えば、向かいに座る市之瀬だった。

彼はこう見えて、部隊内での射撃の腕前はトップクラスである。そのため、今は狙撃手としてM24対人狙撃銃を携《たずさ》えていた。

ちなみに狙撃といえば、暗殺を連想させる暗いイメージを嫌ってか、自衛隊では、敵の狙撃兵から味方指揮官《しきかん》を守るために狙撃手を配備していると、規定していた。久世と市之瀬が親しげなのは、狙撃手が小隊指揮官《しきかん》を守るため、そばにいることが多いのも関係している。

「〝万が一〟ってのは、どんなことを想定するんすか？」

想定という単語を自衛隊はよく使う。例えば演習において、どういった戦況を想定しての訓練なのかに始まり、ただの掘っ立て小屋を敵の司令部と想定して攻略したり、戦闘時に予《あらかじ》め誰が負傷・戦死するのか想定し、その通りに動く――など。

「〝万が一〟は〝万が一〟だ。想定不能な何かだ」

「想定不能って……それじゃこれ使う時って、どう判断すればいいんです？　持ってきたってことは使うことを想定してるわけですよね？」

「その状況が来たら僕の判断で使用許可を出す。くれぐれも自己判断で銃を使用しないこと。いいな？」

「は、はあ、了解っす……」

市之瀬は釈然としない様子だった。

いや、市之瀬に限った話ではない。部下全員が、一様《いちよう》にどこかそわそわしている。考えてみれば、演習以外で実弾を携行する初めての経験だ。

久世は、背中に嫌な汗をかくのを感じた。

市之瀬はよく生意気な口を利く。だが、それは真実を突いていることが多かった。日本人は物事の本質から目を逸《そ》らすことが多いが、彼はそれをしっかり見ているのだ。「持ってきたからには使うことを想定している」という言葉を、久世は屁理屈《へりくつ》に思えなかった。

確かにそうだ。いや、この武器の使用基準だけではない。日本という国は、自衛隊という武装集団を組織している以上、それを使うことも想定しているはずなのだ。だが、その想定の具体的な内容を、日本人に、それも政治家達に聞いたとしても答えは返ってこないだろう。

想定していなくてはならない根本を、自衛隊は、日本人は、想定していないのではないか。だから、市之瀬の純粋な問いに自分は答えを返せないでいる……

「……もしもの時は、僕が責任を取る。だから、命令を待ってくれ」

久世は、そう無線機に呟《つぶや》くしかなかった。

そして、それこそ万が一武器を使用する事態に遭遇《そうぐう》したなら、最初に発砲するという不《ふ》名誉《めいよ》は自分が負おうと思った。

敵と戦うことを国そのものが許していない軍隊にあって、一番槍《いちばんやり》は最悪の汚点《おてん》に違いないのである。

彼は窓の外を眺めた。

右往左往《うおうさおう》する自分達を嘲笑《あざわら》うかのように、朝日が天高く昇っていた。

◇

ラロナが王城に来るのは、軍に入ってすぐ、初めて閲兵式《えっぺいしき》に参加した時以来、二回目のことだった。

緊張に足が震える。なぜなら、閲兵式《えっぺいしき》では城内広場までしか入らなかったが、今回は玉座の間にまで足を踏み入れていたからだ。カルダの従卒《じゅうそつ》としてとはいえ、これは予想外だった。普通なら、控《ひか》えの間で待たされるはずなのだ。

口元をベールで覆った近衛部隊の視線が恐ろしい。

だがそれと同時に、直《じか》に陛下に謁見《えっけん》できる栄誉に感動してもいた。

今彼女は、上官のカルダが報告をするのを、頭《こうべ》を垂《た》れた状態で、見事な刺繍《ししゅう》の絨毯《じゅうたん》を見つめながら、黙して聞いていた。

「鉄でできた船だと？」

陛下の側近であろう男の声が聞こえる。

小馬鹿にしているような口調だった。

「しかも、島のように巨大で、それが帆も張らずに海を割って動いていたですって？」

今度は女官らしき者の嘲笑《ちょうしょう》交じりの言葉。

ラロナはむっとした。

どうやら、自分がここへ連れてこられた理由は、ホラ話だと笑われるためだったようだ。

軍の高官らしき、低い男の声が追い打ちをかける。

「なあに、戦時においては荒唐無稽《こうとうむけい》な話や妙な噂話が一人歩きするもの。驚くに値しませぬ」

ラロナはぎゅっと拳《こぶし》を握りしめる。

山育ちの自分は目がいい方だ。あんなに巨大で、その上接近してまで確認したものを、見間違うはずがない。何か悪いものを食べた覚えもない。

だが、ここで反論することは許されない。頭を上げることさえも、平民である自分にはできないのだ。

その時、静かな口調だが、毅然《きぜん》とした声が聞こえた。

「……お言葉ですが、我が部下の報告をお疑いになるおつもりか？」

「い、いや、カルダ戦士団長のことを笑っているわけでは……」

「我が部下を愚弄《ぐろう》するのは、我への愚弄《ぐろう》でございます」

ラロナはハッと顔を上げていた。

しまった、と思ったが、幸い叱責《しっせき》はされなかった。

カルダは、玉座の間に居合わせる国の重鎮達を前にして、一切怯《ひる》んでいなかった。貴族として、凛《りん》としている。だが、そのプライドゆえの言葉に、場は凍り付いた。無理もない。

一介《いっかい》の戦士団長が楯突《たてつ》いていい相手ではないのだ。

数人の大臣が、カルダに対して怒りを露《あら》わにし、口を開こうとした。

しかし、ある人物の声がカルダの窮地《きゅうち》を救った。

「……興味深い報《しら》せじゃの」

老獪《ろうかい》な、それでいて幼い少女の声がした。

その場にいた全員が、驚いた。

それは、声を発したのが、玉座に座る人物だったからに他ならない。

玉座では、見事な細工の扇子《せんす》で自らの小さな顔を扇《あお》ぎながら、一人の少女が足を組んでこちらを見下ろしている。

褐色《かっしょく》の肌に、それが透《す》けて見えるほど薄く白い生地でできた南国風のドレスを纏《まと》っていた。二つに束《たば》ねた金髪が背中に流れている。この地域でも珍しい赤い瞳《ひとみ》は、王者の証《あかし》のようである。

まだ十五、いや十三を超えていないくらいの年頃にもかかわらず、彼女には大人でさえ縮み上がらせるような威厳《いげん》があった。

少女の名は、ハミエーア。

この国を統《す》べる女王その人である。

「は、ハミエーア女王陛下……」

カルダの話に、国のトップが興味を示した。それだけで、カルダの立場は逆転した。

しかし、カルダ自身も、そのことに驚きを隠せないでいた。

ラロナに至っては目を白黒させている。

「して、その鉄の船……」

パタン、と顔を扇《あお》いでいた扇子《せんす》をたたみ、女王は尋《たず》ねた。

「どこの国の船にして、何の目的があって現れたと判断するのじゃ？　カルダよ」

そして、玉座からおり、歩いてくる。

涼しげな風の入る玉座の間にあって、彼女の薄衣は天女の羽衣《はごろも》のように揺れていた。

この場にいる、全ての者が平伏《へいふく》した。

女王が来るなど、そうあることではない。

「畏《おそ》れ多くも申し上げます。陛下」

カルダは判断に迷ったが、女王への忠義心ゆえに、正直に言うしかないと結論した。

「皆目《かいもく》見当もつかない、というのが本音でございます」

「ほお、なるほど……」

ハミエーアは目を細め、クスリと小さく笑う。

小馬鹿にするというより、感心しているように聞こえた。

「お主、なかなか有能じゃな？」

その場の何人かは、女王のそれが皮肉であると思った。だが、何人かは讃辞《さんじ》であると判断した。正しいのは後者だ。軍において、正確な情報を上げることは最も重要である。そこへ主観を入れてしまうと、その後の判断が全て狂うことになる。分からないことを分からないと正直に伝えるのは、決して無能なことではない。

「ならば、やるべきことは決まっておるな」

ハミエーアは微《かす》かに笑みを浮かべた。

まるで、悪戯《いたずら》を企む幼児のような笑みだったが、その裏には大人でも考えつかない深謀《しんぼう》が隠されているようにも見える。

女王は、平伏《へいふく》するカルダを扇子《せんす》で指し示した。

「カルダ、その者達の正体を暴《あば》いてくるのじゃ。そして、敵でないなら、妾《わらわ》の前へ連れて参れ」

ざわめきが起こった。

「正体不明の者を陛下の御前《ごぜん》に⁉」

「それはなりませぬ陛下！」

口々に叫《さけ》ぶ側近達に、ハミエーアは涼しい顔をして答えた。

「なぜじゃ？　敵でない者を客人としてここへ招くことが、そうおかしい話とは思えぬが？」

「しかし……」

「それとも、もし敵でないと騙《かた》り、妾《わらわ》の命を狙おうとした場合、妾《わらわ》を守れぬとお主達は申すのじゃな？　そんな者をそばに置いたつもりはないのじゃがのう」

そう言われては、もう何も言い返せなかった。

ハミエーアは神妙な顔になって皆に言う。

「フィルボルグ帝国が敵に回ったのじゃ。千年帝国プロミニアも滅び、この国には危機が迫っておる。正体不明でも何でもよい。敵でないことを確かめることが重要なのじゃ」

彼女は颯爽《さっそう》と背を向けると、玉座へと戻ろうとする。

そして、皆には聞こえない小さな声で、続きを呟《つぶや》いた。

「この国には、味方が必要なのじゃ。近隣諸国と足並みが揃《そろ》わない今、攻め込まれたら……」

彼女は、セイロード湾を一望できるテラスを見やった。

美しい国なのだ。

その国を自分は心から愛している。

だからこそ、なりふり構っていられない。

「この国は、滅ぶ。街は焼かれ、民は奴隷《どれい》とされるじゃろう……」

フィルボルグ継承帝国の使者が突きつけてきた最後通牒《つうちょう》には、属国として忠誠を誓えとあった。それは、到底《とうてい》許容できるものではない。

交易都市として栄えるこの国の収入の大半を継承帝国へ献上することや、ハミエーアら国の重鎮の家族を帝都アガルタに住まわせること、そして戦時における兵力供与義務まで要求された。

おまけに、それに従ったところで、帝国がそのまま約束通りに自分達の命を保証するとも思えない。過去に、同じ要求を受け入れたが、帝国の増税に応《こた》えきれなくなった途端、反乱の疑いありとして命を取られた人々もいる。

それだけは、絶対にさせない。

もはや、戦う道しか残されていないのだ。

しかし、自分達では、あの強大な帝国に勝てる戦力がないこともまた事実であった。

海を隔てているため、今日明日に攻め込んでくることはないはずだが、時間がないことに変わりはない。

周辺諸国と同盟を結んで帝国との戦争に備える予定だった。けれども、帝国がマリースアにしか宣戦布告をしていないのが災いした。戦争に巻き込まれたくないと、帝国との戦いに協力的な国が少ないのだ。明日は我が身と分かっていながら、目先の安寧《あんねい》を手放したくないのである。

（正体不明の鉄でできた船……か。ふん、そんなものが何かの見間違いであるのは、妾《わらわ》と

て分かっておるがの。もしもそれが海賊か何かで、こちらの味方に引き込めたら儲《もう》けものじゃな)

今はどんな要素であれ、戦いに有利に運びそうなものは利用したい。

彼女は国を背負っているのだ。

その重圧を少しでも和《やわ》らげようと、彼女はテラスの向こうの空を見つめた。

――と。

「んお？」

彼女は耳をぴくりとさせた。

そして、空の向こうから〝何か〟がやってくるのを見つける。

(なんじゃ……あれは？)

彼女は思わず、テラスの方へと歩き出していた。

側近達が驚き、慌《あわ》てて後を追った。

「へ、陛下⁉　どうされたのですか⁉」

大臣の一人がハミエーアに問いかけるが、彼女は空を睨《にら》んだまま微動だにしない。

その時、徐々に奇妙な羽音のようなものが聞こえ始めた。

「な、何の音だ？」

側近達は、聞いたことのない音に動揺を隠せなかった。

空気を叩《たた》くような音だ。

それは徐々に大きくなる。音の主が近づいてきているのだ。

「あ、あれは一体……!?」

海の向こうの空から、四つの何かが飛んでくるのを、その場の全員が認識した。

商用のアルゲンタビスなら、日に何度も見かける。

だが、それはアルゲンタビスなどではなかった。

そもそも、アルゲンタビスはあんな羽音を響かせない。

「ま、魔物か？」

「巨大な虫？」

口々に憶測《おくそく》がテラスで語られるが、誰も答えなど知っているはずがなかった。

カルダはハッとする。

あの飛行物体は、こちらへ向かっている。

騎士としての責任感から、カルダはハミエーアに申告した。

「私が出ますゆえ！　陛下はどうか室内へ！」

だが、思案顔で正体不明の物体を見つめていたハミエーアは、動こうとせず重臣達へ言った。

「遠眼鏡を持って参れ」

「なっ⁉」

唖然《あぜん》とする家臣らに、ハミエーアは憮然《ぶぜん》とした。

「早《はよ》うせい」

慌《あわ》てて侍女の一人が、普段このテラスから都や海を眺めるのに使う、ドワーフ職人製の高級遠眼鏡を差し出す。

それを、ハミエーアは目に当てた。

じっくりと、空を飛ぶその物体を観察する。

そして、心底驚いた様子で呟《つぶや》く。

「……なんとなんと、鉄でできた船の次は、まさか鉄でできた虫とはのう」

彼女はややあって、不敵な笑みを浮かべる。

「カルダよ」

「は、ここに」

ハミエーアはカルダに命じた。

「お主の報告、妄言《もうげん》と断じるのはやはり時期尚早《しょうそう》。あの物体の正体を知りたい。妾《わらわ》の命《めい》を果たして参れ」

「なっ⁉」

愕然《がくぜん》とする臣下達を尻目《しりめ》に、ハミエーア女王は空を眺めた。

（人魚の海から現れた鉄の船、もしや見間違いではなかった？　……これは、面白いことになったやもしれぬ）

ハミエーアは扇子《せんす》で口元を隠しながら、歪《いびつ》な形の笑みを浮かべた。

◇

久世はフライトプランを見つめ、〝いぶき〟がレーダー照射で発見したという陸地が現れるのを待っていた。向かいに座る市之瀬は、なかなか現れる気配のない陸地に飽《あ》きがきて、居眠りしそうになっていた。その時――

「見えた！　陸地だ」

パイロットが快哉《かいさい》を叫《さけ》んだ。

久世は慌《あわ》てて外を見ると、陸地のはっきりとした輪郭《りんかく》が確認できた。

こうした形で陸を見るのは彼も初めてで、思わず身を乗り出す。

「街だ……」

久世は誰に言うでもなく呟《つぶや》いていた。

偵察《ていさつ》部隊は、陸自のブラックホーク三機が海自ヘリを囲む三角形の編隊を維持しつつ、高度を下げることにした。

ヘリが高度を下げるにつれ、陸地の様子は次第にはっきりしてくる。

やはりそこは街に違いなかった。いや、規模から言って都市である。

使っている石材の関係からか、建物の多くは白い壁に茶褐色《かっしょく》の屋根だった。木造らしきものもある。テレビの旅番組で見た地中海の風景に、どこか似ているように思えた。

高層ビルの類《たぐい》はないが、都市の中央に位置する広場らしき場所の前には、巨大な鐘楼《しょうろう》を備えた建物が聳《そび》え立っている。

上空からは、都市が三日月型の地形に沿って造られているのが分かる。

ヘリはその突端にある岬《みさき》の上、灯台らしき建物の上空を通過した。

これはカメラに映されて艦隊にも届いていることだろう。

きっと大騒ぎになっているに違いないと久世は思った。

自分でも信じられないが、あの人魚を目撃し、艦隊に巨大な人を乗せた鳥が現れた時から、この世界に対する違和感を持っていたのも確かだった。

目の前に広がる見たこともない街並みに、久世達、自衛隊員は言葉を失う。

「あれは城か？」

久世が、都市で一際《ひときわ》目立つ巨大な構造物を見つけて呟《つぶや》いた。

海自ヘリも、そこが最も施設として重要である可能性が高いと認め、進路をそちらへ向ける。

すると、パイロットの声が機内に響いた。

「レーダーに感《かん》あり！　十一時方向より飛行物体が急速接近中！　敵味方識別電波照合を受け付けません、指揮官機《しきかんき》、回避しますか⁉」

「なっ⁉」

久世はサイドドアに張り付くようにして、下の状況を確認した。

そして、目を見張った。

「あの鳥だ‼」

無数の巨大な鳥たちが、あの城から飛び立つのが見えた。

どうやら、城の一角が滑走路《かっそうろ》になっているようだ。そこから巨鳥が飛び立ち、上昇気流を捉えて一気に高度を上げている。

巨鳥たちの背には、人が乗っていた。彼らは見事に統制が取れた編隊を組むと、前方よりヘリ部隊の下をくぐり抜け、急旋回《きゅうせんかい》して後方から追い上げてきた。生物だからこそできる芸当だった。

「なんて旋回《せんかい》性能だ……⁉」

パイロットの呻《うめ》くような声が久世に聞こえた。

続いて、振り向いた副パイロットの声がキャビンに響く。

「指揮官機《しきかんき》より命令。各機、編隊を崩さず、相手を刺激するような行動は慎《つつし》むように、とのことです」

久世はごくりと喉《のど》を鳴らした。

確かに、彼らはこの国の人間だ。突然やってきたヘリ部隊に対して、スクランブルをかけたに違いない。日本に正体不明の飛行物体が現れても、同じことを航空自衛隊が行うのだ。

とすれば、失礼にあたるのはこちらの行為である。非はこちらにあるのだから、敵対行動などもってのほかだ。あの白いシーホークヘリに乗る海自の幹部の判断は、間違っていない。

だが、部下達は不安そうだ。

「い、いいのかよ、このまま撃墜《げきつい》されたりしたら……」

「か、囲まれましたよ、久世小隊長!?」

久世は無線機に向かって叫《さけ》んだ。

「全員聞け！　落ち着くんだ！　相手に向かって武器を見せるようなことはするな！　向こうはまだこちらに敵意を向けていない！」

部下達に指揮官《しきかん》の声を聞かせることで動揺を防ぐ。

こういった時に兵にとって重要なのは、簡単なことでも自分に対して何らかの指示があることだ。指示がない兵は自分で勝手な行動を始める。だからこそ、指揮《しき》系統というものは大事なのである。

「でも、これからホントにどうするつもりなんだ……？」

久世は増え続ける巨鳥とそれに乗る人を眺めて思った。

彼らの身に着けているものは、昨日遭遇した巨鳥に乗る少女と同じだった。

「本当に、ここって異世界なんすね……」

市之瀬が、驚きと感動の混じった表情で、久世に囁《ささや》く。

そう言えば、空の上から見ても、湾にいる船舶《せんぱく》は全部帆船《はんせん》か漕《こ》ぎ手のいるガレー船ばかりだし、道には馬車や大きな鳥の引く荷車ぐらいしか、車輌《しゃりょう》と呼べるものが見られない。

文明のレベルが、自分達のいた世界とは驚くほど違うのが分かった。

そして今、こうしてヘリ部隊を囲む集団。

彼らの姿は、戦士と呼ぶ他ないようなものだ。敵味方識別電波の反応がないのも当然だった。

自分達は全く別の世界に迷い込んだのだと、全員が納得した。

「あれは……？」

一匹の黒い巨鳥が、ヘリ部隊の進路を塞《ふさ》ぐように前へ出た。

背中に乗っているのは、どうやら背の高い女性だ。

黒いコートらしきものを身に着け、長い槍《やり》を背負っている。

片手に、部隊の個別旗のようなものをかざしており、その姿はどこか死神を連想させた。

久世は、彼女と一瞬、目が合ったように感じた。

草色の長髪の合間から、彼女の美しい顔が垣間見《かいまみ》える。

年齢的には自分と同じか、少し下くらいだろうか。美人と言って差し支《つか》えない。

彼女の口が動いた。

(ワレニシタガエ)

そう言ったような気がした。

気がしただけで、何か確証があるわけではない。

だが、行動を見るに、そう言っていた可能性が高いと感じたのだ。

彼は無線のトークボタンを押す。

「指揮官機《しきかんき》、聞こえますか?　こちら久世三等陸尉であります。加藤二佐、報告があります」

『はいはい、加藤です。何かありましたか、久世さん?』

無線で答えた海自幹部の声は、随分《ずいぶん》と軽薄な響きがあった。

だが、この状況下で取り乱していないことに、別の驚きを覚える。

久世は現状、この部隊の指揮官《しきかん》である彼に報告をする。

「あの鳥に乗った集団の指揮者《しきしゃ》らしき女性、どうやら我々をどこかへ誘導しようとしているのではないかと思います」

『ああ、それは僕も薄々感じてたんだ。意見が一致したね、じゃああの人についていこうか』

「い、いいんですか？　着陸した後に何かあったら……」

『そのために君達がいるんでしょ？　それに昔から言うでしょ、〝虎穴《こけつ》に入《い》らずんば虎子《こじ》を得ず〟ってね。頼りにしてるよ。おーばー』

通信が切れた後も、久世はトークボタンを押したまま固まっていた。

久世はあの鳥と同じくらい、陸海統合運用の下《もと》に指揮官《しきかん》になった海自幹部のことが信じられなかった。ただのアホか、そうでなければよほどの勇者かのどちらかだ。

その指揮官《しきかん》の決断により、ヘリ部隊はあの女の乗る鳥の誘導に従って降下を始めた。

眼下に、広大な城が見えてきた。

◇

中庭に集まった城の衛兵達は、その奇怪な物体にまず驚き、次いで巻き起こった猛烈《もうれつ》な風に怯《ひる》んだ。

アルゲンタビスが降りる時も突風は吹くが、ここまで激しくはない。

「ば、バケモノだぁ⁉」

「た、隊長⁉　か、海賊がやってくるという話だったのでは⁉」

「な、何だあれは⁉　鳥……いや、虫か？」

正体不明の何かがやってくる。

それだけが、彼らに与えられた情報だった。

とりあえず、敵意がない場合は攻撃するなという命令だったが、彼らにはこの突風さえも敵意の表れに思えてしまう。

四匹の奇妙な虫、いや、それどころか生物なのかも分からない存在が、美しい花の咲《さ》き乱れる中庭に爆音を立てて降りてきた。

強烈な風は次第に収まっていく。

衛兵らは顔を見合わせた。

女王陛下があれをここへ連れてこいと言ったのだから、追い返すわけにもいかない。

困惑による静寂《せいじゃく》が訪れた。

すると、今度は飛行軽甲戦士団の団長が、部下と共に中庭に強行着陸する。

本来なら城の海側にある鳥台場《とりだいば》に降りなければいけないところだが、急を要したため、無理にここへ降りたようだ。

十騎を超える鳥の飛来に、またもや衛兵らが悲鳴を上げた。

「奴らに動きは？」

颯爽《さっそう》と地面に降り立った、草色の髪に槍兵《そうへい》将校風の黒い外套《がいとう》を纏《まと》った女。

彼女がカルダだと分かった衛兵隊長は、無茶な着陸をした彼女に非難めいた視線を送りつつも、律儀《りちぎ》に報告する。

「動きはありませんな。そもそも、あの生き物が何なのかさえ分からぬ……」

そう衛兵隊長が話していると、ガラ、とあの奇妙な物体の腹が開いた。

ざわ、と兵士達に緊張が走る。

「怪物の腹の中から、人？」

衛兵の一人が呆然《ぼうぜん》と呟《つぶや》く。

「……どうやら、あれは乗り物だったようだな」

カルダは空の上で、あの奇妙な虫のようなものに、人が乗っていることに気づいていた。

そして、彼らが見たこともない変な服を着ていることも。

「あれは空の上で見た男だな……」

カルダは槍《やり》を手にした。

出てきたのは、奇妙な物体と同じ変なまだら模様の服を着た若い男だった。

次に、白い体表の物体から、眼鏡《めがね》をかけた白い服を着た男が姿を現す。

一見すると、二人とも武器らしいものは何も手にしていない。

物体の中にはもっと人が乗っているようだが、彼らは先に降りた二人を心配そうに見つめているだけだった。

（奴らは戦う意思がないのか？）

カルダはそんな気がした。

だが、戦場では油断が命取りになるのだと、慌《あわ》ててその考えを頭から振り払う。

「止まれ！」

カルダはこちらへ向かって無造作に歩いてくる二人を制止した。

「え？　今の日本語？」

「警戒しないでください！　我々に敵意はありません！」

二人の内、眼鏡《めがね》をかけた白い服の方が答える。

随分《ずいぶん》と流暢《りゅうちょう》な四海陸《よんかいりく》共通語だった。訛《なま》りもない。

「名を名乗れ！」

二人はカルダの鋭い声に顔を見合わせると、ややあって頷《うなず》いた。

「日本国海上自衛隊所属、加藤二等海佐」

「同じく、陸上自衛隊所属、久世三等陸尉であります」

二人は、そう言って手のひらを額の上にかざすという意味不明な動作を、大真面目《おおまじめ》な顔で行った。

「ニホン？　カイジョージエータイ？」

彼女は聞いたこともない単語に首を傾《かし》げた。ニホンなどという国は聞いたこともない。

それに、彼らのような黒い髪に茶色い瞳《ひとみ》の人種にも、心当たりはなかった。というより、あんな物体を操《あやつ》る存在そのものに心当たりがなかった。

その奇抜《きばつ》過ぎる、子供でさえ思いつかないであろう存在が、兵士達の疑心をあおった。

「カルダ様！　こいつらきっと帝国軍の暗魔兵団《あんまへいだん》だ！」

「騙《だま》されちゃいけませんぜ！」

カルダも、部下達の意見に賛成したい気分だった。

フィルボルグ継承帝国には、支配下の国や部族から選《え》りすぐりの暗殺者や特殊能力者を集めて編制した、暗魔兵団と呼ばれる特務部隊が存在する。彼らは、見たこともない邪法や、古《いにしえ》に封じられた魔導兵器を操《あやつ》るという。

心当たりといえば、それくらいしかなかった。

だが、カルダはそう断じるのに違和感を覚えていた。

彼らの雰囲気《ふんいき》が、とてもではないが、帝国の非道なる戦士達のそれとは思えなかったからだ。

一人は眼鏡《めがね》をかけた人畜《じんちく》無害そうな男。

もう一人は、若いがどこか頼りなさげな男。

二人ともそれなりに鍛《きた》えているように見えるし、口調や動作は軍に身を置く者特有のものである。だが、何かが足りない。

そう、殺気《さっき》や隙《すき》のなさといった、こちらに緊張感を抱かせるものがないのだ。

おそらく、槍《やり》で二人に挑《いど》みかかれば、数秒と経《た》たずに心の臓を突くことができるだろう。

そんな確信さえある。

「その帝国軍とかいうのが何なのか知りませんが、少なくとも我々はそういった組織には属していないし、関係もありません」

二人はこちらの雰囲気《ふんいき》が悪化したことに焦《あせ》っているのか、必死になって説明している。

「……では、何の目的があってこの国へやってきた？」

彼女はその場の指揮官《しきかん》として、彼らに尋《たず》ねた。

二人が顔を見合わせる。

怪しいが、それは口裏を合わせようとしているわけではなく、本当に説明に困っているようにも見えた。

「それを話すと長くなるんですよ。ホントどう説明しよっかな……」

眼鏡《めがね》をかけた、カトーと名乗る男が苦笑する。

そんな彼を、緑や茶色のまだら模様の服を着た若い男がぎょっとした顔で見ている。

やはり、こいつらは怪しい。少なくとも、陛下の御前に出すなどもってのほか……

「ほう、それは興味深いのう！　では、話は中で聞こうかの」

唐突に、背後から声がした。

カルダは驚きのあまり、目の前の二人のことなど放って振り返った。

「へ、陛下⁉」

カルダの声は裏返っていた。普段の冷静な彼女からは想像もつかない驚きようだった。

衛兵達も、弾かれたように平伏《へいふく》する。

突然のことに、何が起こったのか分からないのか、あの男二人は目を丸くしているだけだった。

侍女や近衛兵に囲まれたハミエーア女王は、くふふ、と意味深《いみしん》に笑うと、カルダの横をすり抜け、二人の前に立つ。

「妾《わらわ》はハミエーア。この国の王であるぞ」

「おう？」

二人は小さなハミエーアを呆然《ぼうぜん》と見下ろし、ややあって顔を見合わせた。

この女の子が、王？

そんな顔をしている。

「お、王って、王様ってことでしょうか？」

「そ、そーみたいだね」

「あ、け、敬礼しないと……いや、確か服務規則だと外国の元首クラスには捧《ささ》げ銃《つつ》だったはず……あ！　銃持ってきてない……」

ハミエーアはそんな二人に、目を細める。

そして、かはは、と高く笑ってカルダの方に向いた。

「どうやらカルダよ、帝国軍でないのだけは確かなようじゃな?」

「は、はあ、それはそうかもしれませんが……」

カルダも、異を唱えられない。

「そもそも、妾《わらわ》がこうして無防備に目の前におるというのに、何の害意も示さぬ。少なくとも、敵ではないようじゃ」

少女の言葉に、カトーが同意した。

「ええ、それだけは確約できますよ。女王陛下、お会いできて光栄であります」

「なら、話は早いのう」

無邪気に笑い、ハミエーアは手をパンパンと叩《たた》いた。

「皆の者、客人じゃ。宴《うたげ》の用意をせい」

◇

二人は、とんとん拍子《ひょうし》で事が進んでいるらしいことは分かった。

だが、それはどこか進み過ぎている、と嫌な予感がしていた。

久世は、宴《うたげ》が準備されている間に、着陸したヘリの前で簡単なミーティングを開いた。

集まっているのは、小隊の各班の指揮者《しきしゃ》である陸曹達だ。

久世の部隊は、三十一名を三班の分隊に分けて運用している。今回は、それが分散されるため、特に念を押していた。

「一班と二班は僕と加藤二佐に同行し護衛に当たる。三班はここに残ってヘリの護衛、及びヘリポートの確保だ」

各班長が緊張の面持《おもも》ちで頷《うなず》いた。

久世が率いるのは、一班と二班の二十名。残りの十一名は、ヘリポートを確保という形になる。

「各班長、質問等は？」

「なし」

自衛隊では挨拶《あいさつ》のようにミーティングで使われる型通りのやりとりだったが、今回は緊張感が違った。

「どこかきな臭い。加藤二佐とも話したんだが、武器は常に携行しておくように。何か不《ふ》審《しん》なことがあったらすぐに連絡してくれ。パイロットにはヘリから離れないように頼む。脱出できなくなったらまずい。無線は開いたままでいろ」

「分かりました」

久世は、護衛小隊指揮官《しきかん》である自分が、自分たちの生命線であるヘリポートから離れることを不安に思った。だが今は、指揮官《しきかん》である加藤の護衛が最優先されるはずだ。ならば、自分がより危険と思われる城内へ行くべきである。

「ヘリポートの確保、頼んだよ。八重樫三曹《やえがしさんそう》」

「分かりました。久世三尉も、お気を付けて！」

久世は第三班の班長である八重樫三曹の肩を叩《たた》いた。

八重樫は、本当に久世を心配しているようだ。

彼は小柄で、年齢は三十を少し過ぎたくらいなのだが、実年齢より若く見えた。少年顔とでも言うべきだろうか。いつも無邪気そうな表情を浮かべているせいか、彼を慕《した》う隊員は多い。

しかし、そんな外見に似合わず、自衛隊最強を意味するレンジャー徽章《きしょう》を持っている。また、新米幹部を値踏《ねぶ》みする陸曹が多い中、彼は久世が着任した頃から率先して補佐してくれた人物でもあった。そのため、久世は彼を信頼していた。

八重樫も、部隊のために努力を惜しまない久世のことを信頼している。自分自身がレンジャーに志願するほどの努力家なので、久世のような苦労人を放っておけないのかもしれない。

「久世くん、そろそろ行こうか。待たせちゃまずい」

後ろから加藤がのん気に声を掛けてくる。

久世は逆に、彼の緊張感のなさに感心した。

「あ、はい。じゃあ、一班二班は集合。ああそれから、市之瀬、君はここに残れ。僕の護衛にはつかなくていい」

狙撃手用のブッシュハットを被って準備していた市之瀬がきょとんとする。

「あれ？　でも基本的に自分は指揮官《しきかん》のそばにいないと……」

陸自の狙撃手は、味方指揮官《しきかん》を敵の狙撃から守るという名目で存在しているので、今回も指揮官《しきかん》のそばにいるべきだと思ったのだ。

だが、久世は呆《あき》れた表情を浮かべる。

「室内に狙撃銃なんか持ち込んでどうする？　無用の長物《ちょうぶつ》だ。それよりここにいろ」

「ああ、言われてみれば」

本音を言うと、もしも城内で自分らが拘束《こうそく》されたりしても、ヘリの近くにいれば脱出の可能性があるからだった。市之瀬のような若者は残してやりたいという親心である。

準備が整うと、久世と加藤は護衛班を連れて城内へと向かった。

「それにしても凄《すご》いお城だな……」

久世は作業帽《さぎょうぼう》の庇《ひさし》を軽く上げ、聳《そび》え立つ尖塔《せんとう》を見上げた。

西洋のお城というより、トルコのブルーモスクを思わせる異国情緒《じょうちょ》に溢《あふ》れた城だった。大理石でできた廊下は、足を踏み出す度に心地よい音を奏《かな》でる。半長靴《はんちょうか》で歩くのが申し訳ないくらいだ。調度品はどれも美しく、そして高価そうである。

城からおごそかな何かを感じるのは、長い時を経ていることが見ただけで分かるのと、今も現役で使われているからだろう。

「城は初めてか？」

カルダは後ろからついてくる二人に尋《たず》ねた。

「え？　そうですね、初めてですよ」

「……そうか」

カルダはそう呟《つぶや》くと、それ以上何も聞かなかった。

（登城の経験がないとは、こやつらよほど身分が低い者なのだな）

益々《ますます》彼らが胡散臭《うさんくさ》い存在に思えてきた。本来なら、陛下の御前に出し、ましてや宴《うたげ》の席を用意するなどありえないことだ。

だが、陛下には何かお考えがあると見える。ならば、私はそれに従うまでだ。

「城って言えば、熊本城《くまもとじょう》なら修学旅行で見たことありますけど？」

「へえ、僕んとこは名古屋城《なごやじょう》だったよ」

相変わらずわけの分からない会話をしている。

確かに敵ではないのかもしれない。

だが、こんな得体《えたい》の知れない、それでいて強そうにはとても見えない連中を味方にして、何になるというのか。なるほど、あの奇妙な空を飛ぶ乗り物や、ラロナ練戦士が見たという鉄の船は利用価値があるのかもしれない。だが、戦いに有用なものには思えなかった。

流れ者の食い詰め傭兵《ようへい》を雇った方がまだましなのではないか。

「ここから先は玉座の間だ。くれぐれも粗相《そそう》のないよう頼む」

カルダは、二人と、二人の護衛だという奇妙な形をした鉄の杖《つえ》を手にした連中に、冷たい視線を向ける。

「あまりこの世界の作法に明るくありませんので、何かタブーなどあればその都度《つど》教えていただけるとありがたいんですが」

「私も同席するゆえ、善処《ぜんしょ》しよう」

カルダは貴族の義務としてそう答えるより他ない。

正直、とっととこいつらを追い出し、部下を鍛《きた》え、迫りくる帝国との戦《いくさ》に備えたかった。

宴《うたげ》どころではない。

「……悪い人じゃなさそうですね？」

「でもちょっと怖い感じだね」

「ああ、それありますね、絶対男を振り回してそう」

カルダは聞こえないふりをした。

……ちょっと、傷ついたからだ。


カルダと名乗った女性が、巨大な扉の前で立ち止まった。

ここが玉座の間なのだろう。

「お客人である。開門を」

「御意《ぎょい》」

扉の横に控《ひか》えていた屈強な男達が答えた。その周囲には、顔をベールで隠し、腰に剣を帯《お》びた女性達が並んでいる。

「彼女ら、たぶん近衛兵だな」

加藤の耳打ちに、久世は頷《うなず》いた。

女王であるため、周辺を固めるのは同じ女性の方が都合がいいのだろう。

ピリピリと、久世は彼女らから例えようのない視線を感じた。

ガンを飛ばされているのとは、次元が異なる。

それが殺気だと理解するのに、しばらくかかった。

おそらく、こちらが妙な動きをしようものなら、彼女らは一斉に襲いかかってくることだろう。これだけの接近距離なら、銃の安全装置を外している内に斬り刻まれそうだ。久世は、彼女らが不審に思いそうなことはすまいと心に誓う。

「開門！」

重い音を立て、男達が数人がかりで門を開けた。

この門はどうやら、戦闘になった場合は最後の防衛ラインとして機能するようだ。

久世達はその巨大な門をくぐる。

「よう来たのう。なあに、こちらの作法など知らぬであろう？　苦しゅうない、楽にせよ」

その空間には、豪華な料理がところ狭しと並べられていた。

「な、なんとまあ……」

「い、いいのかな法的に？　こういう接待を受けちゃって……」

二人はその歓待ぶりに逆に戸惑《とまど》ってしまう。

全員が座卓を用意してもらい、そこに座る。

武器を背後や自分の死角になる場所に置かないよう、久世は無線で小さく命じた。

「遠慮するでない。ああ、中庭で待つお仲間にも同じものを届けさせたのでな、自分達だけと思う必要もないぞえ」

「……ありがたく頂戴《ちょうだい》いたします」

承諾《しょうだく》してしまった加藤に、久世がそっと尋《たず》ねる。

「いいんですか、加藤二佐？」

「毒が盛られてる可能性も捨てきれないけど、ここまでして僕らを殺す理由がない。睡《すい》眠薬《みんやく》で眠らされて人質に、という線はあるけど、これまたそこまでする理由が思いつかない」

「本当に客として招かれてるんでしょうか？」

「さあね、それを今から確かめるさ。おっと？」

すす、と横に少女がやってくると、酒杯《しゅはい》を渡してくれた。

そして、手慣れた動作で、久世達に酒を注いでくれる。

城で働く侍女のようだ。皆、若い。幼いと言った方がいい子もいた。

久世は自分についた少女に笑いかける。

「ああ、どうもありがとうね」

「え？　は、はい。畏《おそ》れ多いことでございます……」

彼女は白磁《はくじ》のような肌に円《つぶ》らな瞳《ひとみ》をした、十代前半くらいの女の子だった。

薄い桃色がかった金髪を肩まで伸ばしている。涼しそうな、少し露出の多い、それでいて上品な服装をしていた。ベリィダンサーの衣装《いしょう》を大人しくしたような感じである。

可愛い子だな、と久世は思った。

今まで張り詰めていただけあって、少女の存在に少しホッとする。

少女本人は、どうもこの玉座の間で礼を言われることがないのか、戸惑《とまど》っているようだった。

久世の顔を見つめ、少し恥ずかしそうにしていた。

彼は自覚していないが、自衛官の中では珍しい、そこそこ美青年と言っていい容姿なのだ。少女が恥ずかしがったのは、そんな彼に間近で話しかけられたせいもあった。

「久世三尉」

加藤がそれを横目に捉えていた。

「はい？」

「……………なんでもない」

加藤は、ぷい、とそっぽを向き、眼鏡《めがね》に光を反射させながら「これだからイケメンは……！」と怨嗟《えんさ》の言葉を呟《つぶや》いていた。

どうやら、女の子といい雰囲気《ふんいき》になったのが妬《ねた》ましかったらしい。

この人、この状況でこんな調子でいられるなんて、どこかのネジが外れてるんじゃないだろうか、と久世は妙な方向で彼を尊敬した。

「できれば次からは、酒じゃなくて水とかジュースにしてくれるかな？」

「かしこまりました」

少女は久世の頼みに丁寧《ていねい》に頭を下げ、快く応じた。

最初の一杯は仕方ないにしても、勤務中、それも何が起こるか分からない状況にあって、べろべろに酔うわけにはいかない。

久世は自分のすぐ右側にある、防塵《ぼうじん》管理の関係で被筒部下部《ハンドガード》の二脚を立てて床に置いている、89式5・56㎜小銃を横目で確かめた。

今、自分が実弾を携行していることを、指揮官《しきかん》として忘れるわけにはいかない。

「さて、酒も行き渡ったようじゃの」

ハミエーアが自らも杯《はい》を持って立ち上がった。

「客人よ。貴公らの来訪を祝う前に、一つ聞かせてもらえんじゃろうか？」

「答えられることなら何なりと、陛下」

加藤が応じる。

「貴公ら、聞かぬ名の国から来たと言うが、その国は一体どこにあるのじゃ？　いや、単刀直入に問おうぞ」

ハミエーアは、どこか試すような表情を浮かべた。

「貴公ら、一体どこから来た人間じゃ？」

その場が水を打ったように静まり返った。

女王の声は、有無《うむ》を言わさぬ威厳《いげん》に満ちている。少女だからと、はぐらかせる雰囲気《ふんいき》はない。

加藤は、参ったな、と困った顔をするが、女王と同じく立ち上がると、真摯《しんし》な表情で答えた。

「この世界とは別の、もう一つの世界から」

◇

中庭では、珍しい色の蝶《ちょう》が舞い、小鳥がさえずっていた。

ハイビスカスに似た花が咲《さ》いている。

ヘリのエンジンが止まれば、噴水の音以外に大きな音のない、長閑《のどか》で優雅な場所である。

飛行軽甲戦士団のアルゲンタビスが十羽ほど翼を休めているが、よく訓練された軍用巨鳥だけあって、花壇《かだん》を踏み荒らしたりはしない。

静かに、そっと丸まって眠っている鳥もいた。

花々の中、ブラックホークと巨鳥たちが静かに佇《たたず》む光景は、どこか微笑《ほほえ》ましささえ感じられる。

「へー、なんかこうして見ると結構可愛いんだな」

ヘリの周囲で立哨《りっしょう》を行っていた市之瀬は、無造作に巨鳥の一羽に近づいた。

ポケットから、スマホを取り出してみる。

カメラを起動し、その巨大な生き物の撮影を試みた。

だが……

「アタシの相棒に何してんだ⁉」

突然の声に、彼は飛び跳《は》ねるようにして驚いた。

「うわわわ⁉　ご、ごめん、ちょっとだけ写真撮りたくてさ」

市之瀬は、目の前に現れた人物の剣幕《けんまく》にたじろぐ。

燃えるような赤い髪と、海のように蒼《あお》い瞳《ひとみ》が、こちらを睨《にら》んでいた。その迫力と、気の強そうな顔つきに、一瞬、少年かと思ったが、声からするとどうやら女の子のようだ。よくよく見ると、胸元も控《ひか》えめながら十代の女性のそれだった。

随分《ずいぶん》とボーイッシュな女の子だな、と市之瀬は心の中で呟《つぶや》く。

彼女の腰には剣がある。今にも彼女はそれを抜いてこちらに突きつけそうだ。

コスプレなどとは違う、使い込まれた〝本物〟の持つ威圧感が、それにはあった。

「シャシン？　何だそれ？　まさか変な呪いをかけようとしてるのか⁉」

益々《ますます》不審な奴め、とばかりに腰に手を当て、じろりとこちらを見据《みす》える。

と――

「キューィ」

「わっ⁉」

市之瀬の被っていたブッシュハットが、取られてしまった。

慌《あわ》てて振り返ると、寝ていたはずの巨鳥が、彼のブッシュハットを嘴《くちばし》にくわえていた。

市之瀬は必死になってブッシュハットを取り返そうとする。だが、巨鳥は身体を起こしており、頭も人間では届かない高さにあった。

「テール⁉　ダメだよそんな奴のもの！」

「ひー！　官品《かんぴん》紛失すると始末書だから勘弁《かんべん》してくれ、マジでえ！」

「キュウーイ」

勘弁《かんべん》してやる、と言わんばかりの仕草で巨鳥はブッシュハットを彼に返してやった。

「い、悪戯《いたずら》だったのか……」

思ったよりも頭がいい鳥に、市之瀬は目を丸くした。

しかし、拾ったブッシュハットには、よだれがべったりとついていて、げんなりする。

「これを被れと……？」

途方《とほう》に暮れる彼に、ぷっ、と少女が笑った。

「あっははは っ！」

「な、何だよもう」

市之瀬はバツが悪そうによだれを振って落とす。

「いや、気難しいアタシの相棒に気に入られるなんて珍しい奴だと思ってさ」

赤い髪の少女は、楽しくもどこか不思議そうに言った。

「気に入られてんのこれ？」

「ああ、とってもな」

彼女は、すり寄ってくる鳥の頭を優しく撫《な》でてやっている。

市之瀬は、彼女達の間には特別な絆《きずな》があるように感じた。

ここは異世界だ。

それでも、血の通った人間が住んでいる場所なのだと思った。

その光景に見とれていると、不意に少女が顔を上げる。

「あっちに綺麗《きれい》な湧《わ》き水を引いてる水路がある。そこで洗うといいよ」

「え？　あ、ありがとう」

「でも、一人でうろつかれちゃかなわないから、アタシが案内するよ。ついて来て」

さっきの剣幕《けんまく》はどこへやら、すっかり毒気を抜かれたらしい彼女の案内で、市之瀬は汚れた帽子《ぼうし》を洗いに行く。

『何してんだ市之瀬、他人様《ひとさま》に迷惑かけちゃダメだろ』

まるで子供を叱《しか》るような口調が無線に入ってきた。

「すいません……」

班長の八重樫三曹に報告すると、向こうで手を振っているのが見えた。一部始終を見られていたらしい。

早く帰ってこいよ、と釘《くぎ》を刺されて、市之瀬は隊を離れる。そう遠くないという話だったので、許可されたのだ。

「名乗っていなかったな。アタシはラロナ。飛行軽甲戦士団練戦士。ようこそ、マリースア南海連合王国へ」

先を歩く少女が、振り返らずに言った。市之瀬は自分も言わなければと、口を開く。

「お、俺は市之瀬。よ、よろしく」

彼はこうした場で、官姓名を名乗る軍人の常識に倣《なら》わなかった。

自衛隊の教育隊を卒業した後の休暇《きゅうか》で、大学へ進学した同級生達と会った時に、階級や所属を言ったが誰も興味を示さなかった。女の子にはそんな話は場を盛り下げるだけだと言われた。

だから市之瀬からすれば、気を利かせたつもりだった。彼は軍人を名乗る少女を、無意識に女の子として扱ったのだ。

ラロナは振り返ると、不思議そうな顔をして市之瀬を覗《のぞ》き込んだ。

どうやら、彼女には市之瀬の気遣いなど必要なかったようだ。

「所属は？」

改めて尋《たず》ねられたので、市之瀬は、今度はちゃんと名乗った。

「ん？　ああ、陸上自衛隊の二士《にし》だよ。職種は普通科、狙撃手をやってる」

ラロナは聞き慣れない単語に怪訝《けげん》な表情を浮かべた。

「リクジョージエータイの、ニシン？」

「二士、二等陸士のことだよ。つまり下《した》っ端《ぱ》ってこと」

それを聞いて、ラロナが目を丸くした。

「なんだ」

無邪気に笑う。

「アタシと同じか」

「そうなん？」

「ああ。ところで、フツーカというのは何だ？　何か特別な兵科か？」

「ただの歩兵だよ」

ラロナはきょとんとして、首を傾《かし》げた。

「歩兵なら何で歩兵と言わないんだ？」

真顔で尋《たず》ねられる。返答に窮《きゅう》する問いだった。

「そ、そりゃあ、まあ自衛隊の事情があるからさ……」

自衛隊では、旧日本軍を連想させるような呼称は使わない。

歩兵は普通科、砲兵は特科、工兵は施設科など、軍や兵といったイメージを持たれない名称になっている。

自衛隊の事情を知らない人間からすれば、回りくどいことこの上ないに違いない。

市之瀬は、どう説明したものかと悩んでしまった。

すると――

「ああ、そういうことか！」

ラロナは、ポンと手を叩《たた》いた。

「国によっては、兵科の名前を英雄や聖獣なんかにちなんだものに変えたりしてるそうだしな。フツーカも、何か特別なものなんだろう？　ごめん、悪く思わないでくれ」

ラロナはどうも深読みしたらしく、本気で申し訳なさそうにしていた。

特別も何も、普通だから普通科なのである。

ただ市之瀬は、敢《あ》えて訂正するのも野暮《やぼ》かな、とそれ以上は何も言わないでおくことにした。

それに……

（こんな風に真《ま》っ直《す》ぐな女の子って、初めてだな……）

良くも悪くも、きっとこのラロナという少女は純粋なのだと思う。

「お、ここだぞ」

ラロナが促した。

雑談をしているうちに、二人は茂みの奥にある水路へ辿《たど》り着いていたのだ。

市之瀬は会話を続けながら、じゃぶじゃぶと帽子《ぼうし》を洗い始めた。

しばらく話をしていると、急にラロナが素《す》っ頓狂《とんきょう》な声を上げた。

「異世界？　お前たちは異世界から来たのか⁉」

「ああ、なんかそーらしいんだわ。今、久世小隊長達が君んとこの女王様と話をしに行ってるけどさ、どうなるんだろな？」

「異世界か……そうでもなければ、あんな鉄でできた船なんてあるはずがない、か……」

ラロナは、あの鉄の船がこの世のものではないと聞いて、完全には信じきれないものの、ある程度は納得した。自分の目で見て、あの巨大な船団の異様で圧倒的な存在感を直《じか》に感じていたからだ。

「これでいいや。この国、暑いしすぐに乾くっしょ」

市之瀬はまだ濡《ぬ》れているブッシュハットを被った。

「大変だな。遠い国へ来てしまって……」

「いや、それを言うなら君だって大変でしょ？」

「何がだ？」

ラロナがきょとんとする。

「だって、君まだ子供なのに兵隊やってるなんて、ありえないんじゃねえの？」

「……国を守る戦士であることが、どうしてありえないんだ？」

「え？　いやだって、普通、君くらいの歳だったら学校行くものなんじゃ……」

「学校なんて、貴族か富裕層《ふゆうそう》しか行けないところだぞ？」

市之瀬は驚いた。

この世界では、彼女のような少女兵士が当たり前らしい。

「それに、軍には仲間もいるし、相棒だっている。三度の飯も出る。おまけに、国を守る名誉《めいよ》だってある。ただの山岳民《さんがくみん》だったアタシにはできすぎた場所さ」

ラロナは楽しそうにそう言った。

市之瀬は、信じられないものを見たような気分だった。

「……そ、そうなのか、まあ、本人がそれでいいって言ってるんなら、いいのかな？」

釈然としないものを抱えながらも、市之瀬はヘリのところへ帰ることにした。

「それにしても、人を乗せて空を飛ぶ鳥って凄《すご》いよなぁ」

市之瀬は、翼を休めるアルゲンタビスを見ながらラロナに言う。

凄《すご》い、と言われたことが嬉しかったのか、ラロナはそのボーイッシュな顔を余計に少年ぽくして笑う。

「へへ、そうだろ？　選ばれた者しか乗りこなせないんだ」

「ふうん。あ、あそこを飛んでるのも君の仲間?」

市之瀬は、不意に海の向こうから何かが飛んでくるのを見つけて問いかける。

「え?」

ラロナは、彼が指さした方角を凝視《ぎょうし》した。

心当たりが、なかった。

今の時期、商用のアルゲンタビスは海の向こうからは、やってこない。偵察《ていさつ》に出ている仲間も今はいないはずだ。

なぜなら、海の向こうは……

「そん、な……まさ、か……」

ラロナは足が竦《すく》み、喉《のど》がからからになった。

「どうしたん? 知ってる人達じゃないわけ?」

彼女のただならぬ様子を変に思い、市之瀬は腰の雑嚢《ざつのう》から狙撃手の必須アイテムである、観測用の双眼鏡を取り出した。

レンズを覗《のぞ》く。

「え?」

彼は、海の向こうから飛んでくる何かが、凄《すさ》まじい数であることに気づいた。

十四や二十四ではない。もっといる。

そして、それは……

山岳育ちで、視力は常人の倍以上あるラロナは、双眼鏡で確認している市之瀬よりも早く、その正体に気づいていたのだ。

「て、帝国軍だ……！」

彼女は恐怖を顔に張り付けたまま、そう絞《しぼ》り出すように言った。

第3章　発砲

宴《うたげ》が始まろうとしていた時、それは起こった。

ズン、と重く城が揺れるような音。

ハミエーアは、ぴくりとその整った眉《まゆ》を動かした。

「何事」

少女とは思えないほど低い声で、彼女は部下に尋《たず》ねる。

大臣達も顔を見合わせるばかりで、誰も答えは持ち合わせていない。

そして、ややあってその答えは、混乱と共にやってきた。

城の衛兵が息を切らして、玉座の間に駆け込んできたのだ。

「ほ、報告！　帝国軍の飛行部隊が多数王都へ飛来！　現在守備隊の招集を行っておりますが、突然のことですぐに防御態勢は……」

ハミエーアだけでなく、玉座の間の全員が驚愕《きょうがく》に目を見開いた。

「馬鹿なっ!?　早すぎる！」

最後通牒《つうちょう》を撥《は》ね付け、宣戦布告を受けてからまだ二日と経っていない。

いくら帝国軍とはいえ、海を隔てたこの国へすぐに軍を送ることなど不可能なはずだ。最も近い港から出港し、風に恵まれたとしても四日はかかる距離だ。

「ま、まさか上陸作戦か？」

「いや違う、この早さは空からだ！」

「まさかアルゲンタビスだけの部隊で切り込んできたのか？　な、ならば防戦さえしっかりすれば勝機は……」

ざわめく玉座の間に、再び振動が起こった。今度は近い。

「……いや、どうやらそうではなさそうじゃ。この音、ただごとにあらず」

ハミエーアは玉座からおりると、テラスへと駆け出た。

「陛下⁉　危のうございます！」

後を追う側近達だが、彼らもテラスに出た瞬間、そのあまりの光景に言葉を失った。

「あ、あれは……まさか⁉」

カルダが、空を舞い狂う影を目撃し、恐怖に心臓を鷲掴《わしづか》みにされた。

「そんな……こんな小国を相手に、竜騎士団を投入したというのか⁉」

久世達――自衛隊員らも、ゾロゾロとわけが分からないまま、テラスへ出てきた。

そして、空を見てショックを受ける。

そこには、飛行機でも、ましてや巨鳥でもない別種の生物が飛び交っていたのだ。

黒や白の体表をした、巨大な恐竜のような生き物。

「嘘だろ、おい……」

久世は呆然《ぼうぜん》とその生物の姿を見つめた。

それは、まさしく神話に登場する〝竜〟だった。

架空《かくう》の生物であるはずの竜が、今こうして目の前を飛んでいる。

いや、それだけではなかった。

キシャアアアアアアア！

竜は、城壁で応戦する弓兵達を見つけると、急旋回《きゅうせんかい》して接近した。そして、その凶悪な顎《あぎと》を開いたかと思うと紅蓮《ぐれん》の炎を吐き出した。

「そんな馬鹿な⁉　火を吐く生き物なんて存在するはずが……⁉」

だが、そこには確かに実在した。

焼け焦《こ》げた臭いが、風に流されてテラスまでやってくる。その感覚は、夢ではありえないものだった。

生物が火焔《かえん》を吐くという驚異に、自衛隊員達が戦慄《せんりつ》する。

向こうでは、城壁の一角が燃え上がり、焼かれた兵士達が悲鳴を上げて転げ落ちていくのが見えた。

カルダが唸《うな》った。

「ファイアブレスっ！　あれは黒竜《こくりゅう》か⁉」

禍々《まがまが》しい黒い体表をした竜は、何匹も城の上空を飛んでいる。そして、兵士の一団に接近すると火焔《かえん》を吐き出し殺していく。

兵は弓を射かけるが、竜の強固な鱗《うろこ》に虚《むな》しくはじき返されていた。

黒竜は、何度も弓兵の陣取る城壁へ襲いかかった。鋭いかぎ爪《づめ》で人間を鎧《よろい》ごと切り裂き、炎を吐いて逃げ惑う者達をまとめて火だるまにする。

人間の力は、竜を前にして、無力だった。

「うう⁉」

そのあまりの凄惨《せいさん》さに、久世は思わず目を逸《そ》らしてしまう。

目の前で、人が死んでいく。

（あんなにも、あっさり⁉）

信じられなかった。

同時に、今この国がとんでもない事態に陥《おちい》っていることを理解する。

先程、ハミエーア達は「帝国軍」と言っていた。この国に、別の国が攻撃を仕掛けているのだと想像するのは難くない。

そう、自分達は戦場の真っ直中《ただなか》に取り残されているのだ。

久世は加藤と顔を見合わせた。指揮官《しきかん》同士、頷《うなず》き合う。

言葉を交わさずとも、意見は一致している。

久世は他の隊員達にも目配せした。

久世の表情に、部下達は装備を携《たずさ》える。撤退《てったい》準備だった。

「我々は艦隊に帰還します。この状況下、薄情《はくじょう》と思われるかもしれませんが……」

加藤の声に、大臣達がむっとした顔をする。

やはり、薄情だと思ったらしい。

だが、自分達は何もしてやれない。いや、正確には何もできないのだ。

自分達は、自衛隊である。

専守防衛を鉄則とし、あらゆる先制攻撃を禁じられた組織なのだ。この国が攻められても、自分達が攻撃されなければ、手の出しようがない。

ハミエーアは、大臣達の非難めいた視線とは異なり、扇子《せんす》をパタパタとさせて涼しい顔をしている。

「なあに、元より異世界から来たという貴公らには関わりなきこと。止めはせぬ」

「申し訳ない。どうか、ご無事で……」

久世はこれ以上の長居は危険と、部下を引き連れて走り出した。

玉座の間を出ると、中庭へとひた走る。

その背中を見送り、カルダはハミエーアに尋《たず》ねた。

「よいのですか？　陛下」

くふふ、とハミエーアは微《かす》かに笑った。

「帝国軍の竜が空を舞っているこの有様《ありさま》で、無事でいられぬのは彼らの方。まあ、お手並み拝見とするわい」


久世達は大理石の廊下を全力疾走《しっそう》していた。

加藤が今にも死にそうな顔をしてボヤく。

「はひい！　エアコン完備の護衛艦暮らしには酷《こく》だよこりゃ……」

加藤は、陸自隊員である久世達のように、迷彩戦闘服を着込んでいるわけではなく、海自の純白の幹部用夏制服だった。持ち物も、カメラやノートパソコンが入ったバッグだけである。

「陸自にそんな快適なもんはありませんよ！　死にたくなけりゃ走ってください！」

そう加藤に言った久世は、銃を片手に走りながら、無線に向かって叫《さけ》ぶ。

「パイロットに、我々が戻り次第離陸できるようにスタンバイを頼むと、言ってくれ！」

『りょ、了解！』

「緊急事態につき実弾の装填《そうてん》を許可する！　ただし、使用は正当防衛と防護対象の安全確保においてのみ限定！」

久世の声は緊張していた。必要な命令であったが、場合によっては大問題にもなりかねない。

「久世三尉、久世三尉！　ちょ、ちょいと待って……」

加藤は自らの言葉通り、あまり身体を鍛《きた》えていないらしく、陸自である久世達よりも遅れていた。

久世が声を上げる。

「一班、二班、止まれ！　全周警戒！」

二十一名の隊員が、銃を構えて臨戦態勢を取りつつ、三百六十度隙《すき》なく見張った。

加藤は、緊迫した表情の久世が、自分を急《せ》かそうとするのを、手で遮《さえぎ》った。

彼は単に遅れているから呼び止めたのではない。

「注意した方がいい！　帝国軍の部隊は竜だけじゃない」

「ど、どういう意味ですか？」

久世が素朴な疑問とでも言うように加藤に尋《たず》ねる。

「黒い巨鳥が兵をこの城に降ろしているのが見えた。おそらく、城内にも侵入しているはず。どこから斬りかかられてもおかしくないんだから、迂闊《うかつ》に走り回らない方がいいのではないかな？」

加藤の判断に、久世はしばし考え、確かにと唸《うな》った。

「加藤二佐」

「ん？」

「すみませんが、万が一に備えましょう。護身用です、お持ちください」

久世は自分の腰から、護身用に携行している９㎜拳銃を取り出し、加藤に差し出した。

この拳銃は陸海空で採用されている上、幹部なら必ず扱い方を教育される。加藤も使えるはずだった。

加藤とて自衛官。自分の身を守る武器くらいは携行すべきだと久世は考えたのだ。

だが、加藤は首を横に振った。

「僕より君が持つべきだ。海自じゃ数年に一回、撃つかどうかの代物《しろもの》だよ。でも、心遣《こころづか》いは感謝するよ、久世三尉」

「ですが……」

自嘲《じちょう》する加藤に、久世が心配そうな目を向けた時だった。

「きゃあああ!?」

どこかから悲鳴が響いた。

隊員達が、思わず身を硬くする。

久世も、89式小銃を下向け《ローレディ》に構えた。安全装置に指をかけ、即応状態の姿勢だ。

「……女の子の悲鳴だった」

加藤の言葉に、久世は額に汗をかいて頷《うなず》く。

そして、思考をフル回転させた。

どうする。どう判断すべきだ？

あの悲鳴の主を救うのか？

救うために、こちらが危険にさらされた場合はどうする？

部下に、脅威《きょうい》に対して武力行使を命令するのか？

「久世三尉、交戦規則はどうすべきですか……？」

若い陸士長《りくしちょう》の一人が、戦闘を予感してか緊張の面持ちで尋《たず》ねた。

久世小隊の年齢構成は若い。新編の小隊ということもあり、平均年齢は二十代の前半だ。

血気《けっき》盛《さか》ん。悪く言えば、追い詰められれば軽率に発砲しかねない危うさがあった。

「敵とは、一体何を対象とするので？」

陸曹の一人も、久世の逡巡《しゅんじゅん》を不安に感じたのか、明確な基準を求めてきた。

久世は首を横に振った。それは戒《いまし》めの意を込めていた。

「交戦規則は正当防衛のみに限定とする。その他の場合は、僕の命令に従ってくれ」

模範解答だった。だが、同時に曖昧《あいまい》であるため、言い逃れにも聞こえる。

「りょ、了解」

部下の何人かは、明らかに不満そうだった。つまるところは、誰かが犠牲《ぎせい》にならなければ撃てないのだ。今までの自衛隊と同じ、現場に血が流れることが前提の規則である。

一介《いっかい》の現場幹部の久世にとって、いくら考えても答えが出ない問題だった。

武器の使用基準について、規定では現場指揮官《しきかん》の判断の下《もと》に適正な範囲で使用することとすると書かれている。結局、今の久世のような不運な現場指揮官《しきかん》に全ての責任を負わせ、政府も防衛省上層部も責任を取らないと暗に言っているのである。

久世は歯ぎしりした。

ギリギリの瀬戸際《せとぎわ》に立ち、最良と思われる決断をしたところで、自分はどの道責任を負わされるのだ。

「……久世三尉」

加藤が、不意に彼の肩に手をかけた。

「悩むことはないよ。直接の指揮権《しきけん》はないけどさ、この部隊の責任者は僕だ」

久世は海自幹部の顔を凝視《ぎょうし》した。

飄々《ひょうひょう》として、掴みどころがない表情をしている。

「君の判断、僕が責任を取る。撃たせようが、撃たせまいが、全責任は僕にある。だから、どちらを選択するにせよ、躊躇《ためら》わないでくれ」

「加藤二佐……」

久世は、肩がすっと軽くなった気がした。

自分の苦悩を分かってくれている人物がいたことで、こんなにも安心するとは思わなかった。

「ありがとうございます……」

「礼は生きて帰ってからにしよう」

久世は、隣の変人が冗談《じょうだん》で二佐の階級章をつけているのではないことを理解した。

それだけでも、心強い。

「各員、接敵前進」

「了っ……！」

部下達が緊張した状態で銃を構え、じりじりと少しずつ前進を始めた。

いつでも戦闘に移ることができる態勢での前進、これが接敵前進である。

「悲鳴はあちこちから聞こえるね……」

「中は酷《ひど》い有様《ありさま》のようです」

久世がそう答えた時だった。

彼らのそばにある扉から、数人の人影が飛び出してきた。

思わず、久世と部下達は銃口を向けそうになる。

だが、すんでのところで止《とど》まった。

人影の正体が、子供だったからだ。市街地戦訓練で動体視力を鍛《きた》えていて良かったと思った。

数は三人、恐怖のあまり顔面蒼白《そうはく》になっているのが痛々しかった。

三人とも幼いのだが、その中では年長者らしい少女が、さきほど酒杯《しゅはい》の世話をしてくれた侍女であることに、久世は気づいた。

向こうも、彼を覚えていたのか、ハッとした顔をする。

「あ、貴方《あなた》がたは……！」

「君達、無事かい？」

久世は銃を下におろし、微笑《ほほえ》んだ。

彼の優しげな笑みに少女は安堵《あんど》したのか、脇に子供二人を抱き寄せて涙ぐんだ。二人とも彼女にしがみつく。おそらく、少女は二人を守りながらここまで来たのだろう。

「みんな……みんな殺されちゃったんです……」

死んでしまった、ではなく、殺されてしまった、という言葉に久世は息を呑《の》んだ。

とりあえず、彼らをここに残していくわけにはいかない。

「君達も一緒に行こう。ヘリに空きを作るから場合によっちゃ脱出も……」

久世がそう言って手を差し伸べようとした瞬間だった。

ドシュ、という鈍《にぶ》く、不快な音が久世の耳に入った。

「え……？」

少女はぐらりと身体のバランスを崩し、床に倒れ伏す。

その背中に、禍々《まがまが》しい矢羽根《やばね》を生やして。

「なっ⁉」

加藤が驚きの声を上げた。

久世は、目の前で起きたことを頭で整理できない。

「一匹仕留《しと》めた」

「相変わらずいい腕だな、ルイド」

部下の声でも、ましてや自分の声でもない、低い男の声が、廊下の向こうから聞こえた。

ガシャ、と甲冑《かっちゅう》を鳴らし、こちらへ向かってやってくる。

黒い人影達。

ただの黒ではない。それは漆黒《しっこく》だった。

「おねえちゃあん⁉」

子供達が、悲鳴を上げる。

その二人に、十人前後の黒い集団が、死に神のように近づいてくる。

我に返った久世は、裏返った声で叫《さけ》んでいた。

「止まれぇっ！」

ぴた、と警告通りに男達は止まった。

だが、怯《ひる》んだ様子はない。

警告のせいで止まったのではなく、こちらを値踏みするために止まっただけのようだ。

全身黒ずくめの集団からは、痛いほどの殺気を感じる。

共通して腰に長剣を帯びており、ある者は槍《やり》を、ある者は弓や斧《おの》を手にしている。

顔まで覆うヘルムを着けているせいで、彼らが本当に人間なのかどうか判別できなかった。

黒騎士《くろきし》。

何者なのか知らない久世達でさえ、その単語が脳裏を過《よぎ》った。

久世は、〝死〟を象徴したかのような彼らから、子供達を守るべく声を上げる。

「その子達に近づくなっ！」

彼らは、顔を見合わせるでもなく、淡々と低い声で話し始めた。

「何だ、こやつら？」

「ふん、城の大道芸人か？」

「国によっては、芸と武を融合《ゆうごう》させたものもあると聞くが」

こちらとは最初から話す気がない。

そんな印象だった。

「まあ、どちらでもいい」

「ああ、そうであるな。命令は……」

久世の警告など全く意に介《かい》さず、弓を手にしていた一人が、腰の長剣を抜いた。他の者達も、武器を構える。

「一人も生かして城の外へ出すな、だ」

カシャ、と甲冑《かっちゅう》を軋《きし》ませ、彼らが子供達に近づく。

「あなた方は非戦闘員に対して危害を加えようとしている！　ジュネーヴ条約違反である！　即刻《そっこく》中止せよ！」

久世は必死の警告を与えた。

銃口を上げ、黒い甲冑《かっちゅう》達に向けてぴたりと照準を合わせる。安全装置にも指をかけた。

だが、彼らは怯《ひる》むどころか笑い始める。

「ハハハ！　この芸人ども、錯乱《さくらん》しておるぞ‼」

「滑稽《こっけい》なことよ」

「ガキ共、その連中が地獄まで楽しく連れて行ってくれるぞ！」

口汚い言葉が廊下に響く中、子供の幼い手を、鮮血《せんけつ》に沈んだ少女が優しく握った。

彼女の顔は、もはや青白い。死が近づきつつあった。

子供らは、小間使《こまづか》いとして城へ来てからずっと面倒を見てきてくれた、姉同然の侍女のそばを離れられない。

どうしてこんな理不尽《りふじん》な目に遭《あ》わなければならないのか。どうして誰も助けてくれないのか。

子供達は、少女が枕元で聞かせてくれた御伽話《おとぎばなし》を思い出した。

誰かが危ない時は、神様が勇者様を遣《つか》わしてくれる。

その勇者は、どこにいるのか?

子供達は、向こうにいる男達を見上げた。

奇妙な、緑色や茶色の交じり合う服を着た、見たこともない異人達だった。

その表情に苦悩を張り付け、真剣にこちらの目を見つめている。

「お兄ちゃんっ！　お願い助けてよっ！」

「お姉ちゃんを助けてっ！」

子供達は、絶叫《ぜっきょう》した。

勇者でなくとも、救いがあるのならば誰でも良かった。

久世は、子供達の心からの叫《さけ》びに歯を食いしばった。

その瞬間、加藤が彼の耳元で叫《さけ》んだ。

「現地民間人による救難要請《ようせい》を確認っ！　保護対象への急迫不正の侵害を排除せよ！」

久世は加藤の言葉にハッとした。

ＰＫＯ派遣法における武器使用基準——自衛隊員又は自己の管理下に入った人間を防護するための武力行使は必要最小限に限りこれを認める。

今、この子達は、助けてくれと自分達に言った。そして、指揮官《しきかん》たる加藤はそれを受け入れた。

この条件下ならば！

久世は眼前の黒騎士を睨《にら》んだ。

「に……げて……はや……く……」

最後の力を振り絞《しぼ》り、少女は子供達に言う。

だが、彼らはそうしようとしなかった。

「わぁあぁあん！　いやだよおねえちゃん！　お願い誰か助けてぇ！」

二人のそばに、黒い影が立った。

手に長剣を持ち、下へ突き刺す姿勢を取る。

「うるさい、蛮族《ばんぞく》は黙って死……」

——と、何かを叩《たた》き付けるような、弾けた音が三発鳴り響いた。

黒い甲冑《かっちゅう》が、後方へ吹き飛び、壁に当たって崩れ落ちる。

キンッ！　……チリンチリン……

大理石の床に、黄金色《こがねいろ》の筒状のものが転がり、小気味《こきみ》よい金属音を奏《かな》でた。

それが、ＮＡＴＯ規格の５・５６㎜高速ライフル弾の空薬莢《からやっきょう》だと、黒騎士達は知る由《よし》もなかった。

久世の持つ89式５・５６㎜小銃の銃口から、硝煙《しょうえん》が立ち上っている。

確実に彼らを制圧するために、久世は短発ではなく、瞬間的に三発の弾丸を撃ちきる三点射に安全装置を切り変えて引き金を引いていた。

「なっ……⁉」

「ルイド⁉」

ずるりと血を噴いて壁にもたれる仲間を見て、黒騎士達は一瞬何が起こったのか分からなかったようだ。呆然《ぼうぜん》として動きを止めている。

だがすぐに、目の前の奇妙な連中が何かしたのだと理解した。

特に、こちらへ向けて何か得体《えたい》のしれない杖《つえ》のようなものを向けている、若い男に対して。

「貴様あぁ⁉」

「殺せぇぇええ！」

激昂《げっこう》した男達は、一斉にこちらへ向かって突進してきた。

明確な敵対行為。

この場合は、許可を出すことが可能だった。

「正当防衛射撃ぃーー！」

久世の命令に弾かれるように、隊員達が一斉に銃を黒騎士達へ向けた。

そして、発射炎《マズル・フラッシュ》が瞬《また》たく。

けたたましい銃撃音と共に、無数の弾丸を彼らは浴びた。

黒騎士達があまりにも呆気《あっけ》なく倒れていく。

鎧《よろい》を着込んでいても、防弾チョッキでさえ貫通する高速ライフル弾を防ぐことはできない。

勝敗は五秒でついた。

「撃ち方やめ！　撃ち方やめっ！　撃つなバカ！」

久世が声の限り叫《さけ》び、発砲を止める。

「ひょええ……」

加藤が耳を塞《ふさ》ぎ、その光景に目を見張った。

黒い騎士達は、一人残らず絶命している。

これだけの至近距離で銃弾の雨を喰《く》らったのだ、当然といえば当然だった。

「……過剰《かじょう》防衛と判断されますか？」

久世は撃ち切った89式小銃のマガジンを交換しながら、加藤に尋《たず》ねた。

呼吸が短く、荒い。

小銃を持つ手は震えていた。

加藤は、敵を殺傷《さっしょう》してしまった久世の顔をじっと見つめる。

自衛官ならば、場合によっては人間に対して武器を使うという行為を遂行《すいこう》しなければならない。

しかし、だからといって感情のないマシーンのようになることなど、容易にはできない。

加藤は慰めの言葉をかけようかと考えたが、今はそんなことをすべきではないとも思い、やめた。

代わりに、久世の目を見つめ、彼よりも上級者である責任の下《もと》に答える。

「いいや。正当な武器使用だと僕は思う」

「その話も、生きて帰れたらしましょうか」

久世は、実戦を経験したことで、アドレナリンが分泌《ぶんぴつ》し、一種のハイ状態にあった。自《じ》虐的《ぎゃくてき》な冗談《じょうだん》を言った後、自分が乾いた笑いを浮かべているのに気づき、慌《あわ》ててその表情を消した。

そして子供に目を向けた。すると、重大なことに気づいた。

まだ、少女には息があるようだ。

「……その女の子の容態《ようだい》は!?」

「矢は、幸い背骨を外れています。ですが出血が酷いですし、矢を抜いたら大量出血を起こしそうです！　くそう、衛生班を連れてくれば良かった！」

部下の言葉に久世は首を横に振った。

「四の五の言っても始まらない！　応急担架を作ってヘリまで運ぶぞ！　輸送艦の医務室なら医者も手術室もある、間に合えば助かるかもしれない！」

「分かりました、救急キットでなんとか手当だけはしておきます！」

久世は膝《ひざ》を折り、子供達の目線になってから、できるだけ優しい口調で言った。

「君達も、このお姉ちゃんと一緒に来るんだ。大丈夫だよ……」

彼はそう言いながらも、何が大丈夫なんだろうかと、思っていた。

こんな戦場のど真ん中で、一体何が？

ええい、と久世はもう破れかぶれになった。

「……お兄ちゃん達が、守るから！　だから大丈夫だ！」

子供らは、きょとんと泣きはらした目を久世に向ける。

ああ、この子達の命を守るためだったんだ。

そのために、自分は引き金を引いた……

この小さな命を守るために、自分は十人以上の人間の命を奪った。

だが、今こうして守った命を目の当たりにすると、それも仕方ないと思えてきた。

少なくとも、間違ってはいなかったはず。

そう考えている久世に対し、子供達は無垢《むく》な表情で尋《たず》ねていた。

「お兄ちゃん達、勇者さまなの？」

「え？」

「勇者さまなんでしょ？」

彼はこの子達が何を言っているのかよく分からなかったが、とりあえず答えることにした。

「……残念だけど、違うよ」

「じゃあ、何なの？」

「なんなのー？」

苦笑し、二人の頭を撫《な》でながら呟《つぶや》く。

「ただの、公務員……」

◇

「久世小隊長達が戻ってきたら離陸だ！　急げ！」

ヘリポートの護衛を任されていた第三班長の八重樫三曹が、ヘリのパイロットに叫《さけ》んで回る。

十一名で、四機のヘリを空と陸両方の脅威《きょうい》から守るのは難しい。

菱形《ひしがた》状に四機が着陸しており、それを囲むように十一人全員が警戒に当たっている。

現在、竜にこちらへの明確な危害意図が見られない以上、上空すれすれを通り過ぎても、
銃は撃てない。

「りょ、了解！」

パイロットは慌《あわ》ててエンジンを再始動させる準備に入った。

エンジンが暖気される音が鋭く響き、ゆっくりとブレードが回転を始める。

しかし、離陸可能な出力まで上がるには、まだ時間がかかりそうだった。

その短い時間が永遠のように感じられる。

「ま、マジかよ……」

「ひでえ……」

ヘリの周りにいる護衛隊員達は、目の前の光景に圧倒されていた。

街が、焼かれていたのだ。

空を埋め尽くすように飛来した黒い竜と黒い巨鳥。

巨鳥は地面に降りると、背中に乗せていた兵隊を降ろし、再び飛び立っていく。

黒い竜は人を見つけると、それが兵士であれ、女子供であれ、全く区別なく口から炎を

吐き、殺戮《さつりく》していく。

帝国への隷属《れいぞく》を拒否した場合にどうなるか、見せしめにするかのような行為だった。いや、事実そうなのだ。恐怖は伝染する。このマリースアがどんな目に遭ったのかを知れば、周辺国は帝国に対し敵意よりも恐怖を感じることだろう。

そのために。

ただそのためだけに。

国連軍である彼らの目の前で、虐殺《ぎゃくさつ》が起こっていた。

だが、自分達にはどうすることもできない。許可も命令もないからだ。

自衛隊においては、全ての行動に許可と命令が必要となる。たとえそれが、人命を守るためのものであったとしても。

自分の身を守ることさえおぼつかない軍隊に、何ができようか。

城下の惨状《さんじょう》を見て、市之瀬は早くこの場から逃げ出したくて仕方がなかった。

もうたくさんだ。異世界に放り込まれた上に、今度は戦争に巻き込まれそうになっている。とっとと元の世界に戻りたい。

彼はヘリの方へと後退した。すぐに逃げるために。

不意に、誰かの声が聞こえた。少女の声だ。

「みんな！　一人でも多く国民を城の中に避難させるんだ！」

「ええ、分かったわ。手分けして行きましょう」

「帝国の野郎共！　今に見てろ！」

ラロナだった。

先程、彼女があんなに怯《おび》えていた理由が分かった。こんな地獄絵図が起こることを知っていたのだ。でも今は、恐怖など全く見せずに巨鳥の手綱《たづな》を握り、仲間達と士気を高めている。

……何してんだよ？

「お、おい⁉」

市之瀬は彼らのところまで走っていく。

ラロナが騎上から彼の姿を認めた。

「ああ、イチノセ、どうしたんだ？　早く逃げる準備をしておかないとまずいだろう？」

「ま、まずいのはそっちじゃないのか？」

「え？　何が？」

「あ、あの中に飛び込もうってんじゃないだろうな？　し、死ぬぜ？」

「死ぬかもしれないから、何もしないでいろって言うの？」

「あ……い、いや、そうじゃないけど……」

市之瀬は、目の前の少女が信じられなかった。

自分よりずっと年下のはずなのに、自分よりもずっと大人びて見える。

そして、その目を見て分かった。

彼女は、戦うつもりなのだ。国を守るために、人々を救うために。

それが、彼女の誇りだから。

かける言葉が市之瀬にはなかった。

「イチノセ、元の世界に帰れるといいな！」

ラロナはそう言って、にっこりと笑った。

市之瀬は、呆然《ぼうぜん》と彼女の笑顔を見つめる。今まで、そんな純粋な笑みを見たことがなかった。

『市之瀬！　何をしている、早くヘリの場所に戻れ！』

無線から聞こえてきた班長の声に、市之瀬はハッとした。

そうだ、自分は何をしている。こんな場所にいて、ヘリに置いていかれたらどうする。

不安に襲われ、慌《あわ》ててヘリの方へ戻ろうとする。

その時だった。

市之瀬は、突然自分の周囲が日陰《ひかげ》になったことに気づいた。

「え……？」

そっと、背後を振り返る。

そこには、城壁があり、更にその上には……

グルル……

黒い竜が、いた。

体長十五メートル以上はあるだろうか。光沢《こうたく》がある禍々《まがまが》しい鱗《うろこ》と、一撃で人間を引き裂いてしまいそうなかぎ爪《づめ》を持った邪竜だった。圧倒的な存在感だ。

ふしゅる、と口から蒸気《じょうき》が溢《あふ》れている。

「て、敵襲ーっ！」

居合わせた数人の衛兵が、槍《やり》を投げ、弓を射かけた。

市之瀬は腰を抜かし、這《は》うようにして逃げる。

槍《やり》が、矢が、まるで子供のおもちゃのように黒竜の鱗《うろこ》に弾かれ、虚《むな》しく落下していく。

次の瞬間、竜が凶悪なブレスを衛兵達に向けて放っていた。

「ぎゃあああああああ‼」

断末魔《だんまつま》の叫《さけ》びが、市之瀬の耳に飛び込んだ。

周囲が灼熱化《しゃくねつか》し、人間の焼ける臭いが漂う。

市之瀬は半泣きになりながら逃げ惑った。

背後から、ずん、という音。

振り返ると、目の前に竜がいた。ここまで降りてきたのだ。

一体、今まで何人の人間を焼き殺してきたのだろう。

慈悲《じひ》の心など全く感じさせない凶悪な眼光が、彼を見下ろしていた。

「あ……うあ……」

市之瀬は恐怖で凍り付いた。

「イチノセ！　逃げろっ！」

ラロナの悲鳴のような声が響く。

黒い影が動いた。

「う、うわあぁぁあ!?」

殺される、と思った。

だが、黒い影は自分の上を素通りしていった。

「……へ？」

どういうことか分からず、慌《あわ》てて竜が行った先を見ると、そこには暖気運転中のヘリがいた。

背筋に寒いものが走る。

「や、ヤバイ!!」

そう叫《さけ》んだ時には遅かった。

竜は一機のブラックホークに接近すると、その巨大なかぎ爪《づめ》で襲いかかった。

「脅威生物《きょうい》接近！」

「接近させるな！　う、撃てっ！　撃てぇええええ！」

八重樫三曹の命令に、周囲にいた三人の隊員が89式小銃で応戦する。

だが自衛隊の癖《くせ》か、発射方式は単発式、それも、三人の内二人は空へ向けて威嚇《いかく》射撃しただけだったため、竜にはまったくダメージを与えられなかった。

獣が相手なら、銃声で逃げるかもしれないという意識もあったのだが。

銃声などものともせず、巨大な黒い影がヘリにのしかかってきた。

パイロットは慌《あわ》てて離陸しようとするが、離陸直前のヘリほど無防備な存在はない。

ヘリに黒竜が覆い被さったかと思うと、辺りに金属がぶつかり合う高く鈍《にぶ》い音が響き渡った。

ローターブレードの一枚を折ったのだ。

ヘリはバランスを崩し、城壁にぶつかってしまう。そして、美しい花の咲《さ》く花壇《かだん》に墜落《ついらく》し、横転した。残っていたローターブレードも、折れ曲がるか、四散してしまった。土煙がもうもうと立ちこめ、その場は一時的に視界が遮《さえぎ》られる。

「うわあああ⁉」

「退避っ！　退避ィー‼」

隊員達もヘリを守るどころではなく、墜落《ついらく》の破片などを避けるために逃げ惑った。

残された三機のヘリは、小隊を乗せて脱出することが不可能な状況となった。その間に竜が襲ってくるに違いないのだ。

いずれにしても、ここまで制空権が奪われた戦場の中では、小隊を収容して飛び立てても、艦隊まで生還できないだろう。

このまま一時撤退《てったい》するしかヘリに道はなかった。一機残らず全滅するか、脱出かの判断が迫られた場合、たとえ非情だとしても最善を尽くすのが、ヘリパイロットの責務だった。

「緊急避難措置をとる！　離陸だ！」

「こちらグリーン2、緊急離陸！」

一機、また一機と、黒竜が来ない内に空中脱出を図る。

地上の隊員らを、残したまま。

「お、おい生き残ったヘリが……!?」

「よせ!?　戻ってこい！」

隊員達が土煙の舞う中、浮上するヘリに気づき、口々に叫《さけ》んだ。

だが、敵の制空権の下《もと》、ヘリもこの空域から逃れるのに必死で、それに応えることができない。

ヘリが飛び去った後、中庭には絶望的な静寂《せいじゃく》だけが残った。

「置いていかれた……」

市之瀬がへたり込んで呟《つぶや》く。

その時、中庭へ続く回廊から何人もの足音が近づいてきた。

久世達である。

重傷の少女と、子供達を抱えて移動していたので、想定よりも遅れてしまった。

「さっきの音は何だ⁉　なっ……！」

久世は中庭の惨状《さんじょう》を目の当たりにすると、顔面が蒼白《そうはく》になった。

墜落《ついらく》したヘリと、自分達を残していなくなったヘリ部隊。

そこで何が起きたのか理解するのに、時間はかからなかった。

そして――

「あいつか……！」

久世はヘリの残骸《ざんがい》の奥、土煙で覆われてシルエットだけが確認できる黒竜の姿を睨《にら》んだ。

黒竜が動く様子はない。しかし、あの場所にいる限り、こちらは墜落《ついらく》したヘリのパイロットを救出しに接近ができない。部下達も、そのせいで近づけないでいるようだ。

「久世三尉！　無事でしたか！」

八重樫三曹ら第三班の部下達が、久世と第一班・第二班の帰還に一筋の光明《こうみょう》を見出《みいだ》したかのように駆け寄ってきた。

久世は、彼らに大きく頷《うなず》いてみせると、間髪《かんはつ》を容《い》れずに声を上げた。

「八重樫三曹、僕と来い！」

「え？　は、はい」

久世は、邪魔になる装備をその場で外すと、集まった三十一名の部下達に叫《さけ》んだ。

「僕と八重樫で墜落機《ついらくき》に乗り込む！　残りはここで僕らを援護しろ！　竜が動いたら撃てっ！」

久世は89式小銃を背負い、駆け出そうとする。

「久世三尉、いったい何をするつもりで⁉」

八重樫が彼を呼び止めた。他の部下達も同じ気持ちだった。

久世は部下達を見渡すと、状況打破の説明をした。

「このままじゃヘリのパイロットを救助できない。それに、他のヘリがここに着陸できない！　奴がいる限り！」

久世は中庭を睨《にら》んだ。

部下達は、彼のその表情に息を呑《の》む。

「ま、まさか……⁉」

「や、奴を倒すつもりですか⁉」

彼らの言葉に久世が頷《うなず》いた。そして八重樫に対し、責任感から告げる。

「悪いな八重樫、本来なら君が射手だが、君が撃つと君の責任になりかねない」

彼はそう言い残すと、百メートルほど先に墜落《ついらく》しているヘリに向かって駆け出した。

八重樫が後を追う。残された部下達は散開して銃を構え、久世達に竜が接近すれば即座に牽制《けんせい》射撃できるように待機した。

久世は墜落《ついらく》したヘリに辿《たど》り着くと、サイドドアを無理矢理開ける。衝撃で変形したためか、かなりの力を必要とした。

ドアを開けている間に竜がこちらへ来ないか不安だったが、なぜか先程から動く気配はない。

久世と八重樫は、やっとのことで機内へと進入した。

機内は文字通りひっくり返ったような有様《ありさま》だった。あちこちに荷物が散乱して足の踏み場もない。

「く、久世三尉か……？」

「機長、大丈夫ですか⁉」

久世はコックピットのパイロットに歩み寄る。

機長と副パイロットは、割れたフロントガラスで切ったのか、顔が血だらけだった。

「高度がそれほどなかったから、死なずに済んだが……アバラが何本かいった……足もたぶん骨折してるな……うう」

「じ、自分も……」

久世は苦渋《くじゅう》の決断を下《くだ》すしかない。

「救助は後回しになりそうだ。すまないが耐えてください」

「わ、分かった……」

二人は気丈《きじょう》に答える。

だがこの二人も、あの少女と同様に早く輸送艦に運ばなければならない。

墜落《ついらく》の衝撃で内臓を損傷している可能性もあるからだ。

と――

「久世三尉、ありました！」

八重樫がひっくり返った物資の中から、あるものを見つけた。走っている時に、久世が彼に探すよう命じたものだ。

「よし、君は予備弾を持って出ろ」

久世はそれ《ヽヽ》を手に取り、肩に担《かつ》ぐと、機内から脱出する。肩に食い込むようにそれは重かった。

『いけない久世三尉！　奴がそちらへ動いた！』

無線機に、部下の悲鳴のような声が響いた。

89式小銃の発砲音が立て続けに聞こえる。部下達がこちらへ竜が近づかないように牽制《けんせい》射撃を加えているのだ。

だが、その着弾音に久世は戦慄《せんりつ》した。

甲高《かんだか》い金属音らしきものが響いている。弾が竜の鱗《うろこ》を貫通できていないのだ。いや、それどころか傷一つつけられていない。

久世はヘリの残骸《ざんがい》のそばで後ろを振り返ると、そこには巨大な影が聳《そび》えていた。

土煙がようやく晴れていく。

「こいつ……⁉」

久世は目を見張った。

そこにいたのは黒竜に違いなかった。

だが、手負いの黒竜だったのだ。地面にボタボタと鮮血《せんけつ》を滴《したた》らせている。

「ヘリの回転翼にやられたのか⁉」

久世は、黒竜の腹にあるぱっくりと開いた傷跡を見て確信した。

この黒竜は、ヘリコプターなんてものを知らなかったのだ。

高速回転しているローターブレードが見えなかったのかもしれないし、あるいはそれが危険なものであるという認識がなかったのかもしれない。

だから、黒竜はローターブレードと接触し、怪我《けが》をしたのである。

「あ、頭悪いんですね結構……」

八重樫が率直な感想を漏らす。

久世はそれに勇気づけられるように、その場に膝《ひざ》を突き、肩のものを黒竜へと向けた。

そうしている間にも、黒竜はゆっくりと久世達の方へ一歩、また一歩と接近してくる。

自らを傷つけた人間を決して許さないと言わんばかりに。

傷ついてなお、その目には狂気じみた闘志が漲《みなぎ》っている。勝つことこそ、竜の存在意義であるかのような執念《しゅうねん》だった。

「グルォオオオオオオン！」

城全体に響き渡る竜の咆哮《ほうこう》。

久世はそのあまりの迫力に気圧《けお》されそうになる。

だが、怯《ひる》まなかった。

「八重樫三曹！　装填《そうてん》だ！」

ヘリの回転翼に巻き込まれてケガをするような奴に、負ける気はしない。

肩に担《かつ》いだそれ――84mm対戦車無反動砲を持つ手にも、自然と力がこめられる。

それは、イラク派遣の時より、自爆テロ車輌《しゃりょう》を止めるため自衛隊宿営地に常備が許可されるようになった重火器だった。今回の偵察《ていさつ》にも、一門だけ携行を許可されたのだ。

「対戦車榴弾《りゅうだん》、着発式、装填《そうてん》！」

　OD色《オリーブドラブ》の円筒形のファイバーケースから、八重樫が弾を取り出し、無反動砲の後部閉鎖機を開けて砲身内へ押し込んだ。

「砲尾部閉鎖確認、装填《そうてん》よし！　後方の安全確認、よし！　発射よおしっ！」

　八重樫が叫《さけ》び、発射準備の完了を確実に知らせるために、久世の後頭部を軽く叩《たた》く。八重樫が発射の衝撃に備えて自分の腰に抱きつくのを久世は感じた。

　同時に、ふしゅる、と黒竜が息を吸い込むのが見えた。

　それが、自分達に向かってあのファイアブレスを放とうとしている準備だと直感するのに、時間はかからなかった。

　久世の脳裏に、テラスで見た、城の衛兵達が焼かれて死んでいく様子がフラッシュバックした。

　撃たなければ、自分達もあんな地獄の業火《ごうか》に包まれるような死が待っている。

「どうしてこういう役回りになるかなぁ……？」

　久世は極限状況の中でボヤく。

　敵対勢力への発砲、重火器の無断使用。自衛隊始まって以来の大失態だ。まともな昇進はもう絶望的かもしれない。

　黒竜が口を大きく開ける。赤い口内が露わになった。

「責任取れぇっ！」

久世はその瞬間、84㎜対戦車無反動砲の発射レバーを引き絞《しぼ》った。

砲口に閃光《せんこう》が迸《ほとばし》り、久世達の後ろで猛烈《もうれつ》な後方噴射炎《バック・ブラスト》が尾を引いた。

そして、至近距離で発射された対戦車榴弾《りゅうだん》は、砲身のライフリングによって高速スピンをかけられた状態で竜の口の中へと飛び込んでいった。

一撃で戦車の装甲を貫通する砲弾は、ファイアブレスを吐くために無防備になっていた竜の喉元《のどもと》にまで達すると、信管を撃発させ——炸裂《さくれつ》した。

体内で対戦車砲弾が爆裂したことで、ファイアブレスも逆流し、黒竜の身体を木《こ》っ端微《ぱみ》塵《じん》にした。

凄《すさ》まじい爆風が久世達を襲い、二人はひっくり返った。

◇

カルダは、城へ侵入した帝国軍を掃討《そうとう》しながら、中庭へ向かっているところだった。指《し》揮《き》する兵の半分は自分の部下だが、もう半分は城の衛兵や近衛部隊などの混成である。練度にばらつきがあり、屈強な継承帝国の黒騎士を相手に、刃こぼれするように消耗《しょうもう》していた。何とか中庭に着く頃には、部下の三割近くが敵に討ち取られてしまう有様《ありさま》である。

陰鬱《いんうつ》な予感がカルダを支配していた。

屋内での、こちらが数を圧倒している状態での戦いで、この損耗率《そんもうりつ》だ。屋外で防戦する場合は、あの黒竜や氷結竜《ひょうけつりゅう》も相手にすることになる。伝令の報告でも、城壁の守備隊は既に壊滅状態。その時点で戦いは明らかにこちらに不利である。城壁が用をなしていないのだ。

そして、考えたくもないことだが、こちらには竜を倒せるだけの武器も、戦士も、魔法もない。

あれだけの数の竜騎士を撃退するのは、不可能であるかに思われた。

思われた、はずだった。

そう、中庭に辿《たど》り着き、その光景を目の当たりにするまで。

そこには、クゼと名乗る、異世界からやってきたというあの頼りない男がいた。

なんと不様《ぶざま》な姿だろうと思った。

彼の部下が、まるで彼を止めるように腰に抱きついていたからだ。

そして、クゼは何か太い筒のようなものを迫りくる黒竜に向けている。

黒竜の咆哮《ほうこう》を前に、頭がおかしくなってしまったのだろうか。

だが、次の瞬間、それは起こったのだ。

黒竜が、凄《すさ》まじい炎と共に爆《は》ぜ散ったのである。

「あ……な……な……」

カルダは目の前で起きたことが、すぐには理解できなかった。

一撃。

一撃で竜を倒した。

あの、クゼとかいう頼りなさそうな男が、だ。

どうやって？

あの、肩に担《かつ》いだ太い筒のようなものから、閃光《せんこう》が走ったかと思うと、黒竜が爆発していた。

爆裂系の魔法か？　そうに違いない。

あのクゼという男、どうやら高位の魔法戦士だったらしい。

奇妙な服装も、変な杖《つえ》のような持ち物も、それで納得がいく。

異世界からやってきた、魔法戦士。

そうだ、彼らは――

「ルーントルーパーズ……！」

カルダは震える唇で声に出していた。

「制圧したぞー！」

「中村《なかむら》士長ぉ！　三人ほど連れてヘリパイロットの救助に当たれ！」

慌《あわ》ただしく彼らが叫《さけ》んでいるのも、カルダの耳には入らなかった。

確信したのだ。

ハミエーア陛下が、なぜあそこまで彼らにこだわるのかを。

「この戦い……」

カルダは小さく呟《つぶや》く。

「どうなるかまだ分からんぞ」

異世界の戦場に、小さな異変が起きようとしていた。

165

第4章　戦火の中で

フィルボルグ継承帝国南伐《なんばつ》混成軍のセイロード攻略作戦は、概《おおむ》ね計画通りに進んでいた。

指揮《しき》を執《と》る最高司令官の第四階位将軍の表情にも余裕《よゆう》があった。

現在、陣を張っているのはセイロード王城に至る街道の近くだった。

敵の脱出経路を遮断《しゃだん》し、王を含めたマリースア貴族を一人も逃がさないためである。

マリースアも、宣戦布告の翌日に侵攻を受けるとは予測していなかっただろう。それも、城を包囲されるなど思いもよらなかったはずだ。

他の拠点《きょてん》を攻めている兵も合流すれば、最小限の損害で日没までには城を占領できるだろう。

第四階位将軍リヒャルダ・フォン・アードラーは、火の手が次々と上がるセイロード城を見つめながら、報告に上がってくる軽微《けいび》な敵の抵抗を聞き、そう楽観した。

リヒャルダは、帝国西方領貴族出身の姫将軍《きしょうぐん》であった。

僅《わず》か二十五歳。実力主義の前線部隊とはいえ、若い。

透《す》き通るような白い肌と、肩までの銀髪が太陽に輝くその姿は、漆黒《しっこく》の甲冑《かっちゅう》を着込んでいなければ、まるで聖女と見紛《みまご》うばかりの美しさを持っていた。

「報告っ！」

影が現れたかと思うと、彼女の目の前に巨大な竜が着陸した。

体表が北方の竜独特の雪に溶け込むような色合いをしていることから、氷結竜だろう。

開戦初日にして城への奇襲を可能にしたのも、この竜騎士団の動員を本国より許可されたからに他ならない。また、彼らと共に戦うことで将兵の士気も高まっている。

この氷結竜を主力とする氷雪《ひょうせつ》竜騎士団と、火炎黒竜を主力とした黒竜騎士団の二個竜騎士団が、今回の戦闘には参加していた。マリースアのような弱小国家相手には過剰《かじょう》とも言える戦力である。

「何事か？」

リヒャルダは、自分の父親ほども年上であろう竜騎士に向かって鋭い声を放った。

全ての竜騎士に、城及び都市にある敵陣の破壊を命じている。強く問いかけたのは、持ち場を離れたことへの叱責《しっせき》でもあった。

「急ぎ、お知らせすることがございます」

百戦錬磨《ひゃくせんれんま》で知られる竜騎士が動揺していた。

「何だ」

「……セイロード城にて、黒竜騎士団の黒竜が一騎、討ち取られましてございます！」

「なっ……!?」

リヒャルダは珍しく、その怜悧《れいり》な表情に驚きを浮かべた。

一緒に聞いていた側近達も同様である。

「敵の本陣とはいえ、マリースアに黒竜を倒すほどの騎士団がいるとは……」

リヒャルダが険《けわ》しい表情を浮かべる。

だが、ここは戦場なのだ。不測の事態が起きることは十分にありうる。狼狽《うろた》えてはならない。

「いえ、そのことなのですが……」

「何だ、申してみよ」

「……黒竜は、たった一人の男に討ち取られたのでございます」

「一人だと!?」

リヒャルダ達は愕然《がくぜん》とした。

竜を一人で倒すなど、現実的には不可能である。いかなる剣撃も受け付けず、いかなる魔法も弾く竜の鱗《うろこ》を貫くのは、容易ではない。過去の戦役で同じ黒竜が一騎倒されたことがあるが、それは敵軍三個騎士団と二個魔法兵団による周到《しゅうとう》な待ち伏せがあってのことだ。

そこまでしなければ倒せない竜を、たった一人で……

奇襲で混乱しているこのマリースアに、そんな余力はないはず。

「それは見間違いではないのか？」

そうとしか考えられなかった。戦場には不確かな情報や噂が飛び交うものだ。

「間違いありませぬ。この命に代えても、ようございます。男は奇妙な緑色と茶色の交じり合った服を身に着け、肩に丸太のような筒を担《かつ》ぎ、何か呪文のようなものを唱えたかと思うと、黒竜が爆《は》ぜ散ったのでございます」

「バカなっ！」

リヒャルダは、あまりにも荒唐《こうとう》無稽《むけい》な話に失笑しそうにさえなる。

だが、報告する竜騎士の顔は本気だった。

それを踏みつけにするほど、彼女は愚《おろ》かではない。

この竜騎士は周囲からの信頼も厚いベテランである。実直で、命令を曲げてまで嘘を言いにくるはずはなかった。心情的には半信半疑だが、リヒャルダは部下を信じることにした。

「竜を失ってからの戦況は？」

「城の半分を制圧しましたが、先刻の竜が倒された影響もあり膠着《こうちゃく》状態となっております。現在、城を攻略するために降下させた兵五百を城内にて集結させております」

竜の損害は痛いが、主力に被害はない。兵力は十分にある。

「そうか。報告御苦労。行ってよい。兵に攻勢準備を急がせよ」

「はっ！」

再び竜が羽ばたき、氷結竜ならではの冷たい風を残して飛び立っていく。

リヒャルダは、順調な戦況の中に生まれた小さな異変に、不吉な予感を抱いた。

しかし、帝国軍人として不安を表に出すことなど許されない。

現状が順調ならば、占領後にでも考えればよいことだ、と思い直した。

「お困りですかな……？」

しゃがれた声が彼女の耳に障《さわ》った。

うんざりしながら振り返ると、本国から派遣された魔導師が、不気味《ぶきみ》な笑みを浮かべて立っていた。

……確か名前はゲンフルと言ったか。

竜騎士団の増援の見返りという形で、この男は督戦《とくせん》を命じられていた。

高い身分にある者がやるならともかく、普通は督戦《とくせん》――戦場で部外者が高見の見物をし、味方の問題点を上へ報告する行為は、現場の軍人が最も嫌うものだった。

年齢も出身も、はっきりとした階級も不明な、肩書きだけのこの男は、軍の中で浮いていた。そもそも、督戦《とくせん》をわざわざ魔導師にやらせる理由はない。何か別の任務があってここへ来ているに違いなかった。

「いいや、督戦官《とくせんかん》殿のお手を煩《わずら》わせるほどのものではない。まだ未確認の情報であり、作戦も当初の計画通り、滞《とどこお》りなく進んでいる」

「それは重畳《ちょうじょう》にございます」

急ごしらえの天幕の中へ帰って行く後ろ姿に、リヒャルダは小さく舌打ちする。

その忌々《いまいま》しさに、先刻の報告に感じた微《かす》かな不安も消えてしまう。

彼女は再び炯々《けいけい》とした目を戦場へ向けた。

◇

偵察《ていさつ》に出たヘリが、部隊を乗せずに帰還し、艦隊は騒然としていた。

輸送艦の甲板《かんぱん》では、ヘリの整備と燃料補給が行われている。

仲間を置いてきてしまった後悔から、パイロット達は、命令さえあればどんな危険な状況でもすぐにまた飛び立つつもりでいた。

「……貴官らの判断は、適切であったと私は思う」

イージス護衛艦〝いぶき〟の艦橋にある司令席。

そこに座る蕪木は、無線越しに受けたパイロット達の報告に対し、そのように答えた。

全滅の危険を回避したことを責めるつもりはない。

『整備と燃料補給が終われば、もう一度飛びます！　行かせてください！』

「分かった……命令を待ってくれ」

　蕪木は、そう言って通信を終える。

　彼らの心中を察すると、胸が痛んだ。部下達にも、彼らの判断を非難させないよう、気を配らなければならないだろう。怪物に襲われ、ヘリが一機撃墜《げきつい》される中、地上部隊収容に固執《こしつ》して全滅するよりは良かったのだから。

　続いて、チャンネルを変えて現場の加藤から報告を聞く。

　蕪木は、努めて冷静を装って応じた。部下の前で最高指揮官《しきかん》の自分が狼狽《うろた》えては、士気に関わる。

「……では、民間人を含めて負傷者が出ており、救助のヘリが必要なんだな？」

　蕪木は、今後どうするかよりも、差し迫っている事態について対処することにした。ヘリ一機の墜落《ついらく》とパイロットの負傷。加えて、異世界にあるマリースア南海連合王国という国に属する少女の、手術を要するほどの大怪我《おおけが》。厳しい選択が予想された。

『蕪木司令、我々は、極めて難しい立場にあります。この戦場でどう動くのか、決めなければならないかもしれません』

　蕪木は目を伏せた。

　最高指揮官《しきかん》であっても、一人では決めかねた。

「お前は、どう考える？」

『カメラで撮影したデータ、そちらでも確認できているはずです』

「ああ。酷い有様《ありさま》だ……」

映像データは、脱出したヘリが撮影したものも含め、全て確認している。

あまりにも一方的な侵略と殺戮《さつりく》が、映し出されていた。

正義などというものを盲信《もうしん》するのは危険だが、まともな人間ならば、あの映像を見て義《ぎ》憤《ふん》を感じるに違いない。

しかし、蕪木の立場として、たとえそうであったとしても、堪《た》えなければならなかった。

『私は、国連軍として戦いを止めるべきだと判断します』

加藤の言葉に、蕪木は押し黙った。

それが正論だからと、すぐに許可できるほど自衛隊という組織は単純ではない。

過去にも、自衛隊は海外へ派遣されている。だが、万が一戦闘に直面した場合にいかなる判断を下《くだ》すのか、明確な規定は作られないまま、『きっと、何も起こらないから大丈夫だろう』と現在までなし崩しの状態が続いている。自衛隊の戦闘行動については、語ることさえタブーとされているのだ。

「自衛隊として、それは是《ぜ》か？」

蕪木は、静かに尋《たず》ねていた。

加藤なら、何か抜け道を持っていると期待して。

『率直に申し上げて、非です』

蕪木はため息をつく。

「では……」

『そもそもですよ、蕪木司令』

「何だ？」

『我々は国連軍として、急迫不正の侵略を受けている人々を守る立場にあります。まあ、安保理《あんぽり》の決議だとかはありませんがね。ですが、そもそもマリースアも帝国も、国連加盟国じゃないですから』

「……つまり、超法規措置が許容されると？」

『自衛隊はいつだって、現場を犠牲《ぎせい》にしてきた組織です。おそらく、今もその時ですよ。それに、ここでこの国を見捨てれば、我々は本当の漂流者になりかねない』

加藤の、有無《うむ》を言わさぬ口調に、蕪木は気圧《けお》された。

「漂流者？」

『そうです。元の世界へ戻る手段も、それどころかこの世界で生活する基盤《きばん》も手に入らないまま、結局戦争に巻き込まれて死ぬかもしれません』

「考えすぎだ」

『この現状を見て考えすぎないなら、そいつはただのアホです』

加藤には確信があるようだった。

戦いの現場を知る者だけが持つ、危機感。

蕪木にもそれは分かった。

過去に、ペルシャ湾での機雷掃海《きらいそうかい》に関わった経験がある。一歩間違えれば、自分だけでなく艦全員の命が消し飛ぶ作業。そこには、安易な「考えすぎだ」という思いはあってはならなかった。形は違えど、あのペルシャ湾もまた戦場だった。

「どうすればいい？」

蕪木はすがるのではなく、司令として首席参謀に意見を求めた。

加藤は、大きく深呼吸をすると、意を決して話した。

『この城を、守ります。可能な限り、人々の命も。自衛隊として、それは是《ぜ》だと判断いたします』

沈黙が二人の間に漂った。

「……分かった、お前のことだ。さらに一手二手先を読んでいるのだろう？」

『ええ、あくまで目論見《もくろみ》ではありますが』

「十分だ。日本の自衛官や政治家には、それさえできない奴が多いからな」

蕪木の皮肉に、加藤が苦笑した。

「久世三尉に替わってくれ」

燕木はもう一人の指揮官《しきかん》と話をすべきだと思ったのだ。

『は、久世三尉であります』

若い男の声。

まだ二十四歳。自分が彼の歳の頃、ここまでの極限状況に置かれたことがあっただろうか。だが、自衛官という職業は、そんな理不尽《りふじん》を乗り越えなければならないものなのだ。

自分の方が階級は上である。だが、最大限の敬意を払って、命じた。

「久世三尉、君達陸上自衛隊に命令を発す」

『はっ』

「セイロード城のヘリポートの確保、及び、国連軍として一般市民の防護を命ずる。その際の武器使用は君の判断にて行うが、全責任は私が負うものとする」

通信機の向こうで、久世が息を呑《の》むのが燕木には分かった。

『了解』

事実上、戦闘命令だった。久世は命令である以上、それに従うしかない。燕木は彼に罪悪感さえ抱いた。

そして、最後に一言付け加える。

「……頼む、久世三尉。人を殺《あや》める以上、一人でも多くの人命を守ってくれ」

『分かりました。セイロード城と、収容された一般市民を死守します』

◇

無理難題を命令された通信を終えると、後ろに八重樫三曹がやってきた。

「ヘリの残骸《ざんがい》から集めた武器弾薬はこれだけです」

ガチャ、と軽機関銃の二百発入り弾薬ケースを置き、八重樫が言った。

「で、手持ちと合わせたこちらの戦力は？」

久世が思案顔で尋《たず》ねる。本格的な戦闘に備える必要があったからだ。

「隊員三十二名、89式小銃三十一丁、その弾薬が各自百二十発。ミニミ軽機関銃二丁と、その弾薬が八百発。小銃てき弾六発と、手榴弾《しゅりゅうだん》各自二個。あとは、84㎜携帯無反動砲一門と対戦車榴弾《りゅうだん》が残り二発ですね」

「アレを相手にして、保《も》つと思うかい？」

「さあ、やってみんことにはなんとも……」

久世は双眼鏡を構えた。

「……ざっと、四百、いや五百はいるな。しかも、まだ増えている」

久世達は今、城内の玉座の間へと続く回廊の入り口を中心にして防御態勢を敷いていた。

中庭の向こうに、帝国軍が軍勢を集結させている。距離にして三百メートルほど。間にある竜の死骸《しがい》は緩衝《かんしょう》地帯となっていた。城の向こう側は、もはや敵の手に落ちたらしい。戦旗が翻《ひるがえ》り、槍《やり》が穂先《ほさき》を天に向けている。槍兵《そうへい》、弓兵はそれぞれ横隊《おうたい》を作り、こちらをじっと見据《みす》えていた。

陣立ては整っているようだが、すぐに襲ってくる気配はない。おそらく、竜が討たれたのを警戒しているのだろう。

だが、こちらが圧力をかけられていることに変わりはなかった。

この状況では、ヘリを着陸させるのは難しいのだが――

「救助ヘリはまだなんですか？　重傷者だけでも移さないと……」

そんな部下の言葉に、久世は焦《あせ》る。しかし、どうにもできない。

心配は他にもある。

久世が背後を確認すると、回廊は避難民で一杯だった。ここは長く幅広いにもかかわらず、玉座の間の近くまで埋まっているようだから、おそらく三千人以上はいるだろう。

街にも帝国兵が攻めてきたという。そして以前より、街が危なくなると、人々は城へ退避することになっていたらしい。混乱の中、必死になって街を脱出し、城内でも帝国兵に襲われながら、ここまで逃げてきたのだ。そのため、負傷者も多い。重傷者を選別したが、おそらくヘリ四機分を軽く超えるだろう。

「おにいちゃん……お姉ちゃんが……」

双眼鏡を覗《のぞ》いている久世の袖を誰かが引っ張った。

見ると、あの小間使《こまづか》いの子供達がじっとこちらを見上げている。

久世よりも前に子供達から報告を受けていた八重樫が、彼に耳打ちした。

「……あの少女、もう助からないかもしれません」

久世は無力感と罪悪感で、子供達から目を逸《そ》らしそうになった。

こちらから無理矢理打って出て、ヘリポートを確保すべきだろうか。

しかし、自衛隊は先制攻撃の一切を禁じられている。そこまでの行為は許されない。

そのジレンマの中で、少女が命を落とそうとしていた。

「ごめん……僕にはどうすることもできないんだ……」

久世は、子供達に残酷な答えを返すことしかできなかった。

彼を見上げる子供達の目に涙が浮かんだ。

その時——

「貴方《あなた》があの竜を討ち果たした勇者ですのね？」

女性の声が横から割って入った。

見ると、避難民だろうか、長く深い海色をした髪の少女が立っている。

歳の頃は十五。純白と紺色が基調《きちょう》の、ゆったりした祭服のようなものを着ている。彼女の楚々《そそ》とした雰囲気《ふんいき》も手伝い、久世は聖職者かもしれないと思った。

「ちょ、ちょっとリュミ、放っておきなさいよこんな連中……」

「私達を救ってくれて、今もこうして侵略者と対峙《たいじ》してくれているじゃありませんか。それに、子供に対してこんなにも優しい目を向けている。きっと悪い人じゃありません」

リュミと呼ばれた少女は、同僚の制止を聞かず、そう言ってにっこりと笑った。

久世は、その清純な顔に見とれてしまった。

「どこから来られた方か存じませんが、私にできることがあれば、何なりとお申し付けください。私、これでも光母教の神官戦士ですし、治癒《ちゆ》魔法の心得もありますの」

彼女の言葉の中に、久世が聞き慣れないものがあった。

「治癒《ちゆ》、魔法？」

「はい。神の奇跡を少しばかりお借りするのです。見たところ、お怪我《けが》をされている方が多くいらっしゃいますわ。私も、お手伝いしたいと思います。癒《いや》しの魔法、それなりに得意ですので」

祈るように両手を絡める少女を目の前にし、久世は周囲の部下と顔を見合わせた。

魔法。確かに魔法と彼女は言った。

冗談《じょうだん》でしょう、と八重樫が目で訴える。

だが、久世は藁《わら》にもすがる思いで彼女に尋《たず》ねていた。

「助けてもらいたい人がいる！」

彼と八重樫は、リュミを連れ、少し離れたところに寝かせてある、あの侍女の少女の元へ行った。

矢を背中に突き立てられた彼女の姿に、リュミは息を呑《の》む。

少女がぴくりとも動かないので、もう死んでしまったのではないかと思ったようだ。

「モルヒネを投与して眠らせているんだが、容態は悪くなる一方なんだ」

「もるひね?」と首を傾《かし》げるリュミに、久世はモルヒネが鎮痛作用の薬であると説明した。

納得したリュミは少女にそっと近づき、その身体に触れる。

静かに目を閉じ、何か呪文らしき言葉を呟《つぶや》く。

久世は、その光景に目を見張った。

淡い光が彼女の手から溢《あふ》れ、少女の身体に移っていく。

すると、青白かった少女の肌に、若干だが生気が戻る。

「……しばらく癒《い》やした後で、矢尻《やじり》を抜きましょう」

リュミは治癒《ちゆ》に集中したまま、久世にそう言った。

魔法。

本物の魔法だった。

久世が信じられないものを見た思いで、隣の八重樫と顔を見合わせた。

「助かる、のか?」

「神のみぞ知るところです……フレーナ、あなたも手伝って」

「ああもう、知らないわよ？」

同僚が加わり、リュミと二人で少女の治癒《ちゆ》にあたる。

時間がこれで少し延びた、と久世は考えた。

神のみぞ知る、か。

神様がいるとしたら、それはあなただ、と久世はリュミを見つめながら思う。

「ですが、治癒《ちゆ》魔法を続けるには安静にしていなければなりません。敵がここへ来るようなことになれば……」

リュミが不安を口にした。

中庭の向こうで布陣が完成しつつある五百の帝国兵が、こちらへ雪崩《なだ》れ込んでくるのを彼女は危惧《きぐ》しているのだ。

だが、久世は力強い口調で答える。

「安心してください」

背負っていた小銃を手にし、決然と言った。

「帝国兵は、ここへは絶対に通さない」

彼は、リュミに少女を任せると作戦指揮《しき》に戻った。

「加藤二佐、貴方《あなた》は後方で通信機のそばにいて、艦隊との通信を保持してください。小隊は全力戦闘することが予想されますので、人手が足りません」

「分かった。戦況報告や艦隊との連絡は僕がやろう」

加藤は、長距離通信機を背負っていた隊員から受け取る。陸戦訓練がほぼ皆無《かいむ》の海自幹部に、戦列に加わってもらうことはできない。

「カルダ団長、ちょっといいですか」

「うむ、なんだ」

先刻から壁に背中を預けて、じっとこちらを窺《うかが》うように立っている、マリースア軍の将校の名を久世は呼んだ。

片眼鏡《モノクル》の奥にある切れ長の瞳《ひとみ》が、彼を捉える。

「少しばかり、家具や調度品を手荒に扱わせていただきたい」

「何のために?」

「バリケードを構築します」

カルダが、思い切り怪訝《けげん》そうな顔をした。

だが、銃火器を基準にした戦い方を、ここで講釈する時間はない。

「帝国軍を迎え撃つために必要なんです」

「……まあ、この非常時に断る理由はないが」

許可を取り付けると、久世はすぐに部下達に命じて作業に取りかかった。

三十二名がそれぞれ身を潜めるための即席陣地を構築していく。回廊の入り口に塹壕《ざんごう》を掘る案も考えたが、それでは時間がかかり過ぎるため、妥当《だとう》ではない。不格好《ぶかっこう》だが、物を築き上げる方が早い。

隊員らは寝台や棚といった、矢を防ぐ板になりそうなものを、中身をぶちまけてから運び出す。

どれも高価そうなものばかりで、被害総額がえらいことになりそうだったが、緊急事態にそんなことも言っていられない。

「アタシらも手伝うよ」

「ラロナ？」

市之瀬が驚いている間にも、飛行軽甲戦士団の生き残りが続々と加わってきた。

皆、なぜか隊員達に協力するのが嬉しそうだった。

市之瀬が戸惑《とまど》っていると、ラロナが元気に言った。

「たった三十人じゃ無理だ。帝国軍と戦おうってんなら、手伝うのは道理だよ」

彼女はそう言って、少年のような笑顔で白い歯を見せる。

「ありがとう、イチノセ。これだけの避難民を助けることができたのは、お前たちのお陰《かげ》だ」

「……俺、何もしてねえよ」

棚を外へ運び出しながら、市之瀬はラロナと目を合わせられなかった。

◇

「おーい久世三尉、艦隊から連絡だよ。中庭の安全が確保され次第、ヘリ部隊をこちらへ向かわせるそうだ。負傷者はそれに乗せよう」

「了解です」

部隊の後方で通信員をやっている加藤から報告を受け、ようやく久世は一息ついた。

バリケードの構築が終わり、見映《みば》えは悪いが即席の迎撃態勢が整った。

後は、あの連中がこちらへ向かってくるか、退《ひ》くかにかかっている。

久世は部下に指示を出した。

「植野《うえの》士長、山川《やまかわ》士長、機銃を左右に据えろ。古手川《こてがわ》三曹と笹島《ささじま》三曹は小銃てき弾の照準用アタッチメントを付けておけ。小銃てき弾は近距離じゃ使えない。攻撃が始まった時点で全力で撃ち尽くせ。各員、手榴弾《しゅりゅうだん》は取り出しやすい位置に装着しておけ。安全ピンの露出に注意しろ」

そして、中庭の向こうにいる帝国兵を双眼鏡で眺めた。おそらく、膠着《こうちゃく》状態は長く続かない。

気づけば、隣に長身の女——カルダが立っていた。

バリケードに身を隠した状態でいたので、彼女を見上げる形になる。

バリケードは、前方から曲射されてくる矢から身を守るためのもの。身体をすっぽり隠すには、中腰にならなければいけない高さしかない。

地べたにへばりつくような、現代歩兵の防御陣形の横に、堂々と立つ騎士の女がいたのである。

「カルダ団長？　どうしました？」

カルダは、感情の窺《うかが》えない冷たい視線を久世に向けていた。敵意ではなさそうだが、好意でもなさそうだ。

「なぜそこまでする？」

彼女は、ぽつりと尋《たず》ねていた。

「人命を救うのに理由が要りますか」

「ああ、いるな。特に、軍人であるなら……まあ、いい」

彼女は、久世の隣に腰をおろした。

今はちょうど、弾薬の分配や布陣のために部下は出払っていて、二人きりの状態だ。

潮風《しおかぜ》に吹かれ、彼女の草色の長髪が流れた。

甘やかな香りが漂う。

久世は思わず彼女の横顔を見つめた。

この鋭い雰囲気《ふんいき》と、まるで喪服《もふく》のような黒い外套《がいとう》を着込んでいなければ、とても美しい女性なのだろう。

「ここで帝国軍を食い止めるのか？」

「そのつもりです。この避難民を救うには、そうするしかありませんからね」

「……義か？」

「え？」

「騎士道、あるいは神の道、そういった義の下《もと》に戦うのだな？」

「小難しいことは分かりませんが……我々は自衛隊です。守るという一点においてのみ、戦うことを許されている。だからかもしれません」

「守ってくれるのか……我が民を？」

「結果的に、ですけどね」

際《きわ》どい質問を、かわすように彼は答える。

だが、真摯《しんし》な思いで問いかけていることは伝わるので、決してぞんざいには答えなかった。

カルダは久世と目を合わせた。

「……すまない」

「マリースア軍に加担しているわけではないことになっているので、礼を言われる筋合いはありませんよ」

「違う、これは私個人からの礼だ」

　意外な言葉に、久世は目を丸くした。

「異世界の騎士の義、国として受け止められないなら、私が個人として称讃《しょうさん》しよう」

「過分《かぶん》な言葉ですよ、カルダ団長」

「カルダでいい、クゼ殿」

　彼女は少しだけ相好《そうごう》を崩《くず》した。

　そして、少しだけからかうような口調で言う。

「クゼ殿、見たところ貴公は実戦は初めてだろう？」

「……分かりますか？」

「ああ」

　そして、カルダは槍《やり》を抱き、空を不意に見上げた。

　碧空《へきくう》を見つめながら、静かに話を続ける。

「私の婚約者が、今の貴公のようだったからな。優しさしか取り柄《え》のない男だった」

「旦那《だんな》さんが？」

　カルダは、ふっと悲しげな笑みを見せた。

「いや、夫ではない」

　目を伏せ、その時のことを回想しているのか、どこか寂《さび》しげに呟《つぶや》く。

「私の夫になる前に、戦場で散ってしまった。……私も、彼も、まだ十七の時だ」

久世はかけるべき言葉が見つからなかった。

そんな彼の戸惑《とまど》いを見透《みす》かしたのか、彼女はどこかおどけて言う。

「私がこんな喪服《もふく》みたいな軍服を着るようになったのも、そのためだ」

そして、急に神妙な顔つきになった。

「だから、死んではいけない。騎士の義も大事だが、貴公の恋人か妻のためにも、生き抜かねばならん」

それを聞いて、久世は思わず苦笑してしまった。

「どうした？　何がおかしい？」

「恋人にゃ、海外派遣前にフラれました。行かないで欲しい、行くくらいなら別れるって」

古傷……にすらなっていないところを抉《えぐ》られた気分だった。

カルダはハッとする。

「……戦地へ行く貴公を捨てたのか、その女？」

「戦地っていうか、ＰＫＦですからね。そこまで深刻には考えてませんよ」

「それでも、国のために行く貴公を支えてやろうとは思わなかったのか？」

「さあ。僕を強引にでも止めたかったのかもしれませんが、本当のところは分かりません……」

久世の答えに、彼女は言葉に詰まった。

何か、思うところがあったようだ。

「……そうか、それはあるのかもしれんな」

ムキになってしまったのを後悔しているような顔をする。

「私の婚約者も、そうだった……」

そう言うと、久世の部下達が帰ってくるのを見て、腰を上げる。

そして、去り際に、小さく呟《つぶや》いた。

「生きて帰ってきてくれさえすれば、私はそれだけで良かったのに……」

切なく囁《ささや》かれたそれは、風に吹き消されそうだった。

久世は一瞬、彼女の横顔が、少女のそれに見えた。

彼女が十七だった頃が、自然と頭に浮かんだ。

館の窓際《まどぎわ》に佇《たたず》み、婚約者の帰りを待つ、清楚《せいそ》で純粋《じゅんすい》な乙女《おとめ》。

だが、婚約者は帰ってはこなかった。

それから、彼女は喪服《もふく》を着るようになった。煌《きら》びやかな装飾を競い合う貴族達の中、一人黒装束《くろしょうぞく》に身を包む。

そして、婚約者を奪った戦争という存在をなくすために、自らも戦場に立つ道を選んだ。

感情を表に出さない彼女が、わざわざ自分のところへ話をしに来た理由。それは、今は亡き婚約者と、自分の面影《おもかげ》を重ねてしまったからではないだろうか。
久世は、彼女の細い背中を見送りつつ、そんなことを考えていた。
『優しさしか取り柄《え》のない男だった』
そう言った時の彼女は、どこか嬉しそうだった。
その婚約者を愛していたのだろう。
自分は……少なくとも、愛した人を失ったことはない。
それは、とても幸せなことなのかもしれない。
（フラれたくらいでヘコんでちゃダメだな……うん）
――と、その時だった。
「なんだ？　何かの笛《ふえ》の音？」
帝国軍の陣地から、重く腹の奥まで響いてくるような音が鳴った。
久世は、慌《あわ》ててバリケードから顔を出し、双眼鏡を覗《のぞ》く。
敵軍の中で、動きが起こっていた。
決戦が、近づいていた。

◇

久世達は、バリケードでそれぞれの配置についた。

89式小銃の二脚を立て、安定した射撃姿勢を取る。

銃口の先には、帝国軍の密集陣形があった。まだ増強されているが、現時点で一千人はいるだろう。

「聞けぇぇい！　マリースアの蛮族《ばんぞく》共よ！」

指揮官《しきかん》らしき、羽飾りのついた兜《かぶと》を被った男が久世達の前へ躍《おど》り出る。

「我らはフィルボルグ継承帝国南伐《なんばつ》混成軍、リヒャルダ将軍が配下である！」

男は、こうした戦場での士気の鼓舞《こぶ》や敵への勧告に長《た》けているようだ。その声は朗々《ろうろう》と辺りに響き、一言一句聞きもらすことはなかった。

「我らの軍門に下《くだ》るならば！　一族郎党《ろうとう》根絶やしだけは免じてやると、リヒャルダ様から寛容《かんよう》なるお言葉をいただいておる！　さあ、ハミエーアをここへ引っ立ててくるのだ！　さすれば命だけは救ってやろうぞ！」

久世は、異変に気づいてバリケードに戻っていたカルダと目配せする。

彼女はどうやら、この場を久世に譲るつもりらしい。

帝国兵と正対しているのは自衛隊なので、成り行きとしては自然だが、この国がどこかと考えると、カルダはかなり譲歩《じょうほ》してくれたのだろう。

久世は拡声器を手に立ち上がった。

『こちらは日本国、国連軍派遣の陸上自衛隊であります。まずあなた方が一般市民に対する虐殺《ぎゃくさつ》行為をやめない限り、ここを通すわけにはいきません。また、これ以上こちらへ危害を加える場合、我々には武力の行使が認められています！』

（あやつ……一体何をほざいておるのだ？）

指揮官《しきかん》の男は、目の前に立ち塞《ふさ》がる者に対して、失笑した。

彼らは奇妙な服装をし、おまけに家具などを並べて即席の陣地をこしらえている。そして、杖《つえ》のようなものを、こちらに向けていた。

その陣地は、騎兵突撃などの被害を多少は軽減してくれるだろう。

しかし、そこにいる兵の数は話にならないほど少ない。

せいぜい、三十人程度だ。

その人数で、この継承帝国騎士団の突進を阻《はば》もうというのか。

（全く、とち狂った者のやることは哀れよ……）

指揮官《しきかん》はそう思いながら、ゆっくりと部下達の方を振り返り、声を上げた。

「弓兵、構え！」

百人ほどの弓兵の横隊《おうたい》が、一斉に矢をつがえた。

「放てぇ！」

これは、直接ぶつかる前にある程度敵軍を損耗《そんもう》させるための攻撃である。

対峙《たいじ》する奇妙な服装の連中は、矢が飛んでくるや否《いな》や、不様《ぶざま》な陣地の中に尻尾《しっぽ》を巻いて隠れてしまった。

確かに、矢を雨のように放ったが、隠れた連中には届いていないようだ。

（ふん、だがそんなおもちゃのような陣地では突撃を阻止《そし》できんぞ）

簡単に飛び越えられそうな高さの木箱やベッドに矢が刺さった様《さま》は、ひどく不恰好《ぶかっこう》で笑えてくる。そんなものの陰《かげ》に隠れて震えている連中など、恐れるに足りない。

連中は矢の攻撃がやむと、先ほどと同じように杖《つえ》のようなものをこちらへ向けて構えた。

戦うつもりなら、陣地から身を乗り出して剣を構えるか、槍襖《やりぶすま》を作ってこちらの突撃に備えるはずだが、その様子はない。

指揮官《しきかん》は勝利を確信した。目の前の哀れな連中は、あの陣地の中で震えて出られないのだ。

にやりと笑い、そして声を張り上げる。

「全軍進撃いぃー！」

彼は大きく手を上げ、勢い良く振り下ろした。

背後に控《ひか》える重装歩兵が、地響きのような声を出す。

勇壮なる鬨《とき》の声だ。

そして、槍《やり》の穂先《ほさき》を敵の陣地へ向けると、整然と前進を開始した。

だが、指揮官《しきかん》の男も、前進を開始した騎士達も知らなかった。

見ていると笑いたくなる、家具を並べた陣地。

それが、もう一つの世界においては、死角なく前方を狙えるよう火線《かせん》配置された『機関銃陣地』と呼ばれる存在だということを。


前方から、後詰めも含めれば一千人は下《くだ》らない敵国軍が迫っていた。

第一波の二百に照準を合わせる。

久世は無線機で各自に命令する。

「小隊、射撃用意……！」

「一班射撃用意！」

「二班射撃用ぉ意っ！」

「三班射撃よぉーい！」

89式5・56㎜小銃を手にした隊員たちが一斉に安全装置を解除し、前進を始めた帝国兵へと銃口を向ける。

「早駆《はやが》けぇ！」

敵の指揮官《しきかん》の声と共に突撃発起《ほっき》の号令であろう角笛《つのぶえ》の音が辺りに響く。

黒い甲冑《かっちゅう》に身を包んだ兵士達が、いよいよ突撃を開始した。

その迫力に、実戦経験のない隊員達は身が竦《すく》んだ。

彼我《ひが》の距離が縮む。

二百を切ろうとしたところで、久世が号令をかけた。

「撃てぇー！」

ほとんど絶叫《ぜっきょう》に等しいものだった。

その声に弾かれるように、隊員達が引き金を引いた。

銃声と共に重厚な甲冑《かっちゅう》に身を固めた帝国兵が次々と倒れていく。彼らの鎧《よろい》など、ケブラー繊維《せんい》すら貫通する5・56㎜高速ライフル弾にとっては紙同然だった。

「がはっ⁉」

「うぐっ」

中庭は、身を隠すようなものがない開けた場所だった。自衛隊員達には射撃場と変わらないくらい狙いやすい環境である。一方の帝国軍は、自動小銃の存在など知る由《よし》もなく、甲冑《かっちゅう》姿ではその場に伏せることもままならない。なす術《すべ》もなく、機関銃によって倒れていった。

「な、何だ奴らはっ⁉　何が起こった⁉」

帝国軍の前線指揮官《しきかん》は、自分達の身に何が起こっているのか全く分からなかった。

ここまで来れば、後は女王を引っ捕らえるだけのはずだった。

だが奥に、〝何者〟かが立ち塞《ふさ》がっている。マリースア軍の近衛兵だろうか。しかし、精鋭の騎士百人以上を一瞬で倒す戦士など、存在するはずがない。

おかしい。自分たちは、何か恐ろしいものと向き合っているのではないか。分かるのはそれだけだった。

「矢だっ‼　見えない矢が飛んできている！」

「奴ら魔法を使うぞ！」

仲間が穴だらけになって倒れているのを見た兵士が叫《さけ》ぶ。

既に半数以上の者が、敵の攻撃の犠牲《ぎせい》になっている。

「盾《たて》を構えろ！　継承帝国軍に撤退《てったい》はない！　前進あるのみだ！」

しかし指揮官《しきかん》は、果敢《かかん》に攻勢を命じる。ただそれは、勇猛さからだけではない。帝国軍では、致命的な失敗をした指揮官《しきかん》は斬首《ざんしゅ》されることが多く、それを恐怖したからでもあった。陣を退《ひ》いてもいいとリヒャルダに言われているが、ここまで一方的な敗走は許されないはず。今、自分達が正対している敵が一体何なのか考えるよりも、生き残るために前進しなければならなかった。

両翼に配置された隊員は、ミニミ軽機関銃の二脚を立てると、すぐさま発砲を行った。

分速一千発の弾丸の雨が敵を襲う。

凄《すさ》まじい銃撃音に加え、敵兵の悲鳴や命令の怒号《どごう》が飛び交う中、普段温厚な久世が吠《ほ》えるように叫《さけ》ぶ。

「白兵距離に接近させるな！　弾幕《だんまく》を張るんだ！　小銃てき弾用意！」

「準備よし！」

「撃てぇ！」

盾《たて》を構えてにじり寄ってくる敵に向かい、89式小銃の銃口に取り付けたグレネード弾が発射される。これは、06式小銃てき弾と呼ばれるライフル・グレネードだった。弾頭を銃口に取り付けるだけで、小銃でグレネード弾を発射できるのだ。命中精度はそこまで高くはないが、手榴弾《しゅりゅうだん》よりも飛距離があり、手軽に使用できる重火器として陸自の普通科部隊に配備されていた。

炸裂《さくれつ》したグレネード弾により、盾《たて》は砕け、敵の陣形が瓦解《がかい》していく。

今目の前で起きているのは、自衛隊と継承帝国軍との武力衝突なのだ。向こうは明確な殺意を持ってこちらへ迫っている。

久世としては、接近戦になれば数の差からいって、鎧袖一触《がいしゅういっしょく》でこちらが皆殺しになるのは目に見えていた。近代装備で身を固めているとはいえ、こちらはたったの三十二名なのだ。敵に主導権を奪われないよう、徹底的に叩《たた》く必要があった。

また、こちらの圧倒的な火力を見せつけることによって、敵が戦意喪失《そうしつ》して撤退《てったい》することも期待した。弾薬に限りがあることを向こうは知らないはずなので、火力の出し惜しみをする必要はない。

だが、彼の目論見《もくろみ》は外れた。

「クソ！　あいつら、味方の死体を踏み越えてきやがる！」

「く、狂ってる……！」

「無反動砲前へ！」

久世の命令で、84㎜携帯無反動砲を担《かつ》いだ隊員は、重装歩兵の一団へ狙いを定める。射手に随伴《ずいはん》している装填手《そうてんしゅ》が後方から対戦車榴弾《りゅうだん》を砲身に押し込み、閉鎖機をしっかりと閉める。そして、発射時の後方噴射炎《バック・ブラスト》に備え、味方が背後にいないか安全を確認する。装填《そうてん》手《しゅ》が「発射準備よし」を、射手のヘルメットを軽く叩《たた》いて合図する。

射手が引き金を引くと、激しい発射音の後、耳を劈《つんざ》く炸裂《さくれつ》音と共に、敵兵達が盾《たて》もろとも吹き飛んだ。

だが、それでも敵の勢いは止まらない。

数百の死体が転がる中、帝国兵は雄叫《おたけ》びを上げながら、槍《やり》や剣といった原始的な武器で弾幕《だんまく》や対戦車砲に向かって突撃をし続ける。その姿は、自衛隊員達には狂気に取り憑《つ》かれているようにしか見えなかった。

しかも、帝国軍の勢いは衰《おとろ》えるどころかむしろ増しているようだった。

「継承帝陛下万歳！」

「世界継承に仇《あだ》なす敵に死を！」

戦闘開始から数分。驚くことに、敵は犠牲《ぎせい》を一切顧《かえり》みない無謀《むぼう》な突撃によって、距離を縮めていた。

このままでは危険だ。

そう思った久世は、市之瀬に新たな指示を出す。

「市之瀬、あの塔に上って援護しろ！」

命令を受けた市之瀬は、久世の指が示す塔に向かって駆け出した。

「アタシに任せて、案内するから」

市之瀬と一緒に走り出したラロナが言った。

「た、頼むぜ」

市之瀬は戦場の緊迫感に表情を険《けわ》しくしながらも、ラロナの存在にどこか安心感を抱く。

「行こう！」

二人は、城に四つある尖塔《せんとう》の一つに向かった。

朝からずっと身体を酷使《こくし》し続けていた市之瀬は、本心では倒れ込んでしまいたかった。

だが、自分より幼い、妹と変わらない年頃の少女であるラロナが毅然《きぜん》としているのを見ると、そんな泣き言は口に出せなかった。

走る。走る。

途中、あちこちにいる、避難してきた一般市民の視線にさらされた。

市之瀬を見て、一様《いちよう》にぎょっとしている。

そして、兵士だと分かるラロナに向かって口々に質問を投げかける。

「敵にどこまで突破されたのですか?」

「さっきから聞こえるあの音は一体?」

ラロナは無理矢理自信ありげな表情を浮かべ、彼らに答えた。

「大丈夫、アタシ達が食い止めるから!」

彼女の言葉は、自分たちにできる限りのことを果たすという意志に満ちている。

市之瀬は、その〝アタシ達〟の中に、自分も含まれていることに気づいた。ラロナは、今自分のことを戦士として認めてくれているのだ。尖塔《せんとう》の螺旋《らせん》階段を駆け上りながら、自分がこれまで経験したことのないほど昂揚《こうよう》していることに気づいた。

自分が、情けない自分が、ラロナという一人の戦士に認められている。

それが、嬉しかったのだ。

「ここだ!　ここから中庭全体を見下ろせる!」

ラロナは尖塔《せんとう》の最上階にある窓から下を確認した。

中庭では激しい戦闘が続いていた。曳光弾《えいこうだん》が鋭い光跡を残しながら、敵に向かって吐き出される。時折、手榴弾《しゅりゅうだん》の炸裂《さくれつ》する爆音が響き渡る。

機関銃の射撃の激しさから考えて、そう遠くない内に弾切れを起こしそうだ。早く敵の指揮能力を喪失《そうしつ》させて、敗走させなければならない。

市之瀬は狙撃銃を窓から構えた。

だが、肝心《かんじん》の敵指揮官の姿がどこにあるのか分からなかった。

「あそこだ！　軍旗を持ってる従卒《じゅうそつ》がいる。隣のマントを羽織《はお》っているのが騎士隊長かも！」

市之瀬が焦《あせ》っていると、ラロナはすぐに敵の指《し》揮《き》統制を担当している兵士を見つけ出した。

「よ、よくこんなとこから見えるな？」

「山育ちだかんな！」

山育ちすげえ、と呟《つぶや》くと、市之瀬はラロナに指示された目標をスコープのレティクルに収め、三秒ほど狙いを定めると、引き金を引いた。

銃声が響き、四百メートル前方にある旗が倒れた。それを持つ従卒《じゅうそつ》が撃たれたことで。

ラロナが度肝《どぎも》を抜かれたような顔をする。たった一発で仕留《しと》めるとは予想していなかったのだ。

「こ、この距離から当てたのか⁉」

「一応、準特級射手だかんな」

そう言いながら、市之瀬は狙撃銃の槓桿《こうかん》――銃の機関部にある取っ手――を引き、空薬莢《からやっきょう》の排出と次弾の装填《そうてん》を行う。

自衛隊の射手のレベルは五つに分かれている。初級、中級、上級、準特級、特級の五つだ。市之瀬はその中でも、上から二番目の準特級である。闇夜に針の穴を通すような腕前を持っていた。

「イチノセ、お前、どこで腕を磨《みが》いたんだ？」

ラロナは、さぞ有名なアーチャーに師事《しじ》していたのだろうと想像する。

だが、市之瀬は苦笑して答えた。

「学校帰りに寄ってたゲーセン！」

そして、今度は派手なマントを羽織《はお》った指揮官《しきかん》を狙い撃ちする。

指揮刀《しきとう》を振り回して部下達を怒鳴《どな》っていた敵指揮官《しきかん》は、尻を撃ち抜かれて地面をのたうち回った。

これで終わり、と市之瀬は思ったが、そううまくはいかなかった。負傷した敵指揮官《しきかん》は部下により後送され、旗も後続の者が拾って再びかざした。

「旗を何で拾ったんだ？」

目標にしやすかったから標定のために倒したが、指揮官《しきかん》並みに大事に扱っているように見えた。

「旗は部隊の象徴。旗が倒れるのは部隊が全滅した時だから。帝国は特にそうらしい」

ラロナの言葉に市之瀬は「なるほどな」と呟《つぶや》いた。

そして――

「しゃらくせえ！」

市之瀬は再び軍旗を持つ兵士を狙った。少し息を吐いてから、ぴたりと止め、引き金を絞《しぼ》る。

反動と銃声が尖塔《せんとう》に響く。

旗を持っていた兵士が、衝撃でその場にひっくり返った。

そして、自分が手にしている旗を呆然《ぼうぜん》と見つめる。

旗は、竿《さお》の部分を真ん中で撃ち抜かれ、へし折れていたのだ。

「これでどうだ！」

市之瀬は槓桿《こうかん》を引きながら叫《さけ》ぶ。

「さすが〝ゲーセン〟で鍛《きた》えた腕だな！　イチノセ！」

バンバンと背中を叩《たた》かれた市之瀬は、思わず横のラロナを凝視《ぎょうし》した。

にこにこと、心底嬉しそうにしている。

どうも、ゲーセンをアーチャーが入る修練所か何かだと思っているらしかった。

……ま、まあいっか。

「お次はどいつだ!?」

「あそこ！　魔法騎士隊が攻撃魔法を準備してる！」

「了解！」

ラロナの指示に従い、市之瀬は狙撃銃を構えた。

◇

「総員抜剣！」

「陣を整えよ！」

リヒャルダの眼前で、城を包囲した軍団が攻城陣形を整えていた。

帝国騎士団の精鋭。これに加えて、上空には二個竜騎士団が控《ひか》えている。一般に、一個竜騎士団で一万の精兵《せいひょう》に匹敵《ひってき》すると言われている。とすれば、我が方の戦力は精兵二万を軽く超えていることになる。

常識的に考えて、負ける要素はどこにも見当たらない。

だが――

「報告！　前線指揮《しき》の騎士隊長六名と騎士団長二名、戦死！　軍旗も喪失《そうしつ》しました！　部隊は潰乱《かいらん》状態です！」

リヒャルダの常識は、城内の戦況を聞いて覆《くつがえ》された。彼女は、最後の仕上げでの思わぬ抵抗と甚大《じんだい》な損害に歯を食いしばる。

「副官に指揮《しき》を引き継がせて攻撃を続行させよ」

「そ、それが……指揮《しき》権と軍旗を引き継いだ将校が次々と〝見えない矢〟で倒れたとのことで」

「見えない矢だとっ……!?」

城の攻略が順調だという最初の報告に安堵《あんど》していた自分が情けなかった。

あと少しで本丸というところで、突然進撃の足が止まったのだ。

城のすぐそばまで陣を進めた彼女の耳にも、あの乾いた音が聞こえている。

城内からは、血だらけになった部下達が次々と搬送《はんそう》されて来ていた。従軍神官の治癒《ちゆ》魔法も間に合わない者がほとんどだ。

しきりに彼らは、〝見えない矢〟にやられたと口にしている。見たこともない奇妙な服を着た集団に接近しようとした者は、火炎系の魔法で木っ端微塵《こっぱみじん》にされたとも。

「竜騎士団が、先の黒竜のようになってはと考えたが……」

リヒャルダは慎重な将であった。

竜はその巨体ゆえ、あの黒竜を倒した魔法の餌食《えじき》になると考え、前線への竜騎士団の突入を控《ひか》えたのである。

また、謎の敵の実態を把握《はあく》することができなかったのも、結果として判断の誤りを招いた。

彼女は努めて冷静に、今の理解不能な状況を振り返った。

「……奴らは一体何者なのだ。黒竜を一撃で倒した魔法、見えない矢、この世のものとは思えぬ空飛ぶ虫」

彼女の問いは、その場にいる誰にも答えることができないものだった。

この戦争は、これだけの戦力をもってすれば半日で終わると言われていた。そして、リヒャルダにもその自信があった。帝国の歴史において、幾度となく行われた戦いの中でも、取るに足りないものであるはずだった。

「部隊の再編を急げ。竜騎士団を集結させよ」

「御意《ぎょい》」

彼女は部下に命令を下《くだ》していく。しかし、そうしながらも、頭の中では答えの出ない推測を立ててしまう。

「マリースアめ、もしや冥界《めいかい》の魔王とでも契約を結んだか？」

リヒャルダは、マリースア自身が何かの力を得たとは考えなかった。その予兆《よちょう》も、情報もなかったからだ。となれば、何か別の要素――つまり、マリースアが何らかの特別な存在を味方につけたということだ。半《なか》ば当てずっぽうの推論だった。

「冥界《めいかい》との扉は継承戦争の折に封じられたはずでございます」

耳障《みみざわ》りな男の声がした。いつからそこにいた、と不愉快に感じる。

「そんなことは知っている。ならばあれは何だ？　この戦いは何かがおかしい」

「さあ、私には分かりかねますな」

「ならば下がっておれ！」

激昂《げっこう》したリヒャルダがゲンフルを睨《にら》み付けた。

その時だった。

部下の叫《さけ》び声がした。

「しょ、将軍っ⁉」

「何事だ！」

振り返ると、部下が全員、海の方を見ていた。

ただ、呆然《ぼうぜん》と。負傷兵までもが。

燃え上がる都の炎に照らされ、赤く染まった海。

そこに、〝何か〟が浮いていた。

「何だ……あれは……？」

それは、この世界の人間が目にすることなどありえない存在。

交わることのない世界に存在する、日本という国の戦闘艦であると、理解できるわけがなかった。

だが、都の炎を反射して赤く揺らめく船体は、自らが戦うために存在する船であることを、リヒャルダに教える。

「ふっ……なるほど、助けを呼んだのか」

リヒャルダは直感的にそう判断した。

あの存在――謎の部族か、異形の傭兵《ようへい》団か、正体はこの際どうでもいい。

覇道《はどう》を突き進む帝国の軍人として、今この状況で見極めるべきはただ一つ。目の前の存在が敵か味方かどうかだけだった。状況から判断すれば、あの異形の船も敵であろう。

「竜騎士団の集結は完了しているか？」

彼女は傍《かたわ》らの老将に尋《たず》ねた。

「はっ！　黒竜騎士団及び氷雪騎士団のほぼ全力が集結済みにございます」

「作戦変更だ。全竜騎士団をもってあの船を沈めろ」

「し、しかし……」

「もはや、奴ら相手に戦力の逐次《ちくじ》投入は危険だ。一気に片を付ける！」

彼女が宣言すると、竜騎士団へ出撃を命じる角笛《つのぶえ》が吹き鳴らされた。

待機していた竜騎士達が、その音に鋭敏《えいびん》に反応する。

「出陣ー！」

「団旗をかざせぇ！」

角笛《つのぶえ》の音色は、翼を休めていた数十匹の竜を興奮させた。猛々《たけだけ》しい竜の咆哮《ほうこう》が地を痺《しび》れさせる。

戦いに喜びを見出《みいだ》す気高き竜達が、敵を求めて羽ばたいていった。

時空を超えた戦いが、始まろうとしていた。

◇

イージス護衛艦〝いぶき〟は速力を上げて艦隊から離れ、一足先に王都セイロードの近くにいた。

それは、苦しい戦闘を続ける地上部隊を援護するためである。しかし、本来イージス艦の最大の強み《アドバンテージ》は、あらゆる敵の射程圏外からミサイルを撃ち込むことができるアウトレンジ能力である。都市が目視できるほどの接近は不必要なはずだった。

だが、蕪木は敢《あ》えてそれを行った。海軍という存在は、歴史的に船を〝見せる〟ことを、相手国に対しての抑止力とする場合が多かった。今回、純粋な戦術ではなく、そういった直感的な〝威容《いよう》〟が大事だと判断したのだ。

それは同時に、敵に狙われる危険性を上昇させる行為でもあったが、陸自の隊員だけを危険にさらすことが、海自指揮官《しきかん》として許せなかった。

蕪木は、艦内奥深くにあるＣＩＣにおりていた。

窓はなく、照明も薄暗い室内では、電測員がレーダースクリーンを睨《にら》み、どんな小さな異変も見逃さないようにしていた。

「対空見張りを厳《げん》となせ」

蕪木が指示をすると、彼らが大きく応じる。

「了解、対空見張りを厳《げん》とします」

蕪木がレーダースクリーンを見つめていると、一気に光点が増えた。

それが、〝敵〟が飛翔《ひしょう》したからであることはすぐに理解できた。

「蕪木司令！　国籍不明機《アンノウン》の出現を確認しました！　数、対空目標およそ五十機！」

「……機じゃない、匹だな」

蕪木は皮肉な笑みを浮かべた……つもりだった。

余裕《よゆう》を見せることで部下を安心させようとしたのだが、緊張でうまくいかず、引きつったものになってしまう。

しかし、それも仕方がない。

そう、これは自衛隊創設以来初の〝実戦〟なのだ。

「目標群、真《ま》っ直《す》ぐ本艦に向けて接近中です！　最短目標との距離、約六マイル！」

「司令、指示願います……！」

兵器使用を統括《とうかつ》する砲雷長が蕪木に指示を請《こ》う。

イージス艦の戦闘距離としては、あまりにも近い。一刻《いっこく》の猶予《ゆうよ》もなかった。

蕪木は砲雷長に命じた。

「対空戦闘用意」

砲雷長が部下に叫《さけ》ぶ。

「対空ぅ戦闘用ぉー意！」

旧日本海軍の時代からの伝統である、独特な抑揚《よくよう》による号令に、ＣＩＣの隊員達が戦闘準備を開始する。訓練を重ね、身体に染みつくほどに習熟した動作である。

同時に、戦闘配置が発令されたことを表す警報音が、艦内全体に響き渡る。乗員は、自分の部署へ、鉄帽《ヘルメット》とカポックと呼ばれるライフジャケットを装備して駆けつける。

そして、艦内各所にある隔壁《かくへき》ハッチが全て閉鎖された。これは、万が一、被害を受けて艦に浸水があった場合、浸水ブロックを最小限に抑えるための措置《そち》である。

蕪木は、訓練通りに素早く戦闘配置へ移行していくことに勇気づけられた。

部下達がベストを尽くしている。ならば、自分もまた指揮官《しきかん》としてベストを尽くさなければならない。

「我が方の戦闘能力を見せつける。攻撃は、半自動モードで行う。敵目標群の戦闘能力の喪失《そうしつ》を目的として迎撃せよ。向かってくる敵は全て撃ち落とせ！」

乗組員達がざわめいた。

砲雷長も、普段温厚な蕪木の言葉とは思えない、過剰《かじょう》とも言える攻撃命令に耳を疑う。

「敵は本気だ。こちらも本気でなければ意味がないのだ」

蕪木は、自分に言い聞かせるように言った。

加藤の報告を聞く限り、また、ヘリを問答無用で撃墜《げきつい》した敵の心理を考えた時、生半可《なまはんか》な戦闘はかえって危険に思えた。

事前のレーダー探知からすると、敵は航空戦力のほぼ全てをこの艦に差し向けている。つまり、敵の指揮官《しきかん》は我々を全力で沈めるつもりなのだ。中途半端な攻撃で退《ひ》くとは考え難《にく》かった。

ここは戦場、そして敵は平然と他国を侵略し、殺戮《さつりく》の限りを尽くす本物の軍隊なのである。

密《ひそ》かに、蕪木は自嘲《じちょう》した。

本物の軍隊相手に、〝軍隊もどき〟の我々がどこまでやれる？

「蕪木司令……了解しました。接近してくる〝敵機〟は全機叩《たた》き墜《お》とします！」

砲雷長は、蕪木が浅慮《せんりょ》で命じているわけではないことを確認すると、腹を決めた表情で部下に命令した。

「主砲及び短距離ミサイル《SAM》、スタンバイ！」

同時に二百以上の目標を探知・捕捉し迎撃可能なイージス・システムのコンピュータが、向かってくる敵の距離・速力などから脅威《きょうい》度判定を行い、優先攻撃目標の算定を開始した。

◇

空中では、氷雪騎士団の精鋭二十六騎と黒竜騎士団の二十四騎が隊伍《たいご》を組んでいた。

五十騎もの竜が空を舞う姿は、壮観の一言だった。普通ならこの威容《いよう》を見るだけで、白《しろ》旗《はた》を揚《あ》げる敵もいることだろう。

そう、普通なら。

氷雪騎士団の竜騎士であるエリヴィラは、改めてセイロードの湾に浮かぶ正体不明の船を観察した。

あれを船と形容していいものか迷う。船であるにもかかわらず、マストもなければ帆も張っていない。だがそれでも、風より速く進んでいた。

「何て大きさなのかしら……」

彼女の常識からすると、その物体は船というより岩でできた島のような印象を受けた。

帝国軍の巨大な軍船を目にしたことがあるが、それの数倍はあるだろう。

「エリヴィラ、あの船ひょっとして鉄でできてるんじゃないか？」

戦友のアルノリドが、熊のような顔にお調子者の表情を浮かべて、軽口を叩《たた》いてくる。

帝国北方貴族出身とのことだが、見た感じではただの酔いどれた山賊《さんぞく》にしか見えない。戦場でも軽口を叩《たた》いてばかりで、上官からはいつも怒られている。そんな男だが、エリヴィラとは同期ということもあり、腐《くさ》れ縁《えん》が続いていた。

「鉄が水に浮くなんて初耳だわ」

「そらそうだ。しかし何だってあんな色に塗ってんだ？　あれだけのドンガラを作るにしたって、一体どうやって水に浮かべたのか……」

船は、まるで乾いた灰のような色をしていた。継承帝国の海軍の中にも、敵を恐れさせるために船体を黒や赤に塗っている艦はあるが、灰色は聞いたことがなかった。その船体にしても、まるで子供が積み木で角張ったおもちゃの船を組み立てたような形だ。

――それが、ミサイル戦における海上での迷彩やステルス効果を狙ったものだとは、彼らに理解できるはずがなかった。船が身を隠す必要に迫られる戦いが、基本的に存在しないからだ。

「馬鹿馬鹿しい、ただのハリボテよ。私達が全力出撃するまでもないわ」

エリヴィラは戦友に涼しげな表情で答えた。

あれだけの大きさの船を浮かべて、しかも帆を張らずに動かすのは確かに驚くべきことだ。だが、本当に鉄船《てっせん》だった場合、あそこまで速く動くことは不可能である。おそらく船体の大半がハリボテで、あの姿は単なるこけおどしに違いないのだ。

彼らには自信と誇りがあった。この世界で最強とも呼ばれる竜騎士であることに。黒竜一騎の損害は少なくない。だが、苦しい戦いの中で一騎や二騎を失うことは、歴史上なかったわけではない。

それに、これだけの数を揃《そろ》えた上での敗北は皆無《かいむ》である。ゆえに、彼らの表情には余裕《よゆう》が窺《うかが》えた。

「はっ！　それもそうさな。だが見ろよ、陸じゃ友軍もマリースアの連中も、俺達に釘付《くぎづ》けになってるぜ」

エリヴィラは振り返ってそれを確認した。確かに、陸では戦闘が膠着《こうちゃく》している。そして皆、この竜騎士団の雄姿《ゆうし》に見とれていた。

悪い気はしなかった。相手があんなハリボテ船一隻なのは不満だが、竜騎士団を利用したリヒャルダ将軍の作戦は見事なものだった。あのハリボテを海の藻屑《もくず》にすれば、抵抗している敵軍も意気消沈すると考えているのだろう。

エリヴィラは、北方人女性特有の雪色の髪をかき上げた。

「これだけの竜騎士が集結するのは、誰だって珍しいわよ。私も陸にいれば見物しているわ」

「観客は多いに越したこたぁねえ。お、団長が先陣を切るみたいだぜ」

指揮官《しきかん》自ら切り込むのが、帝国軍竜騎士団の伝統であり、戦場の美徳であった。

氷雪騎士団の団長は、滅ぼした国が十を超えることが自慢の老将だった。若い頃に戦いで片眼を失い、今は眼帯をしているが、それがかえって歴戦の強者《つわもの》といった風貌《ふうぼう》を作っていた。部下からの信望は厚く、また彼が参加した戦《いくさ》には一度も負けがないと言われている。

「我に続けいっ！　帝国の精鋭達よ！」

「継承帝陛下万歳！」

氷雪騎士団の指揮官クラスの四騎が、一斉に速力を上げて敵に突っ込んでいく。

黒竜騎士団の指揮官達も、それに続くように急降下していった。


敵の様子を、〝いぶき〟のCICでは肉眼ではなくフェイズドアレイ・レーダーによって探知していた。

「目標群ブラボー、本艦に最接近！　方位三百二十度《さんびゃくふたじゅう》！　迎撃優先を具申《ぐしん》します！」

レーダースクリーンを監視していた電測員が声を上げた。

いよいよ来たか。

蕪木は大きく深呼吸をした。

そして、意を決して命じる。

ここまで来れば、もう後には引けない。

「了解……迎撃を、許可する！」

その短い言葉は、自衛隊が創設されて以来半世紀以上にわたって、一度も発せられたことのなかった禁忌《きんき》の言葉だった。

攻撃命令という名の、決して発しては……発せられてはならないもの。

だが、一度出た以上、この船はそれに従うしかない。

イージス艦〝いぶき〟は、他でもない戦うための船なのだから。

「左・対空戦闘、ＣＩＣ指示の目標、主砲、撃ちぃ方始めぇ！」

「撃ちぃー方始めぇ！」

コンソール横に備えられた、ピストル型の発射装置を握る射撃員が、そのトリガーを引く。

すると、艦首に搭載《とうさい》されている１２７㎜速射砲の砲塔が素早く旋回《せんかい》し、自動装填《そうてん》されていた砲弾を、目標に向けて発射した――


船から発射された砲炎を、エリヴィラも見ていた。

「大砲を積んでいるのね……」

驚きはなかった。

見たところ、大砲の数はたったの一門である。

以前、十隻を超える海賊船から同時に大砲で撃たれたことがある。しかし、一発たりとも命中しなかった。大砲は空の相手に向けるようなものではないのだ。

しかも今回は、大砲が命中するような距離ではない。あまりにも遠すぎる。突撃している氷雪騎士団の団長にさえ届かないのではないか。

「敵も必死ね」

相手はこちらに恐れをなし、なりふり構わず当たらない距離から大砲を撃っている。そうエリヴィラは判断した。

だが、それは間違っていた。

砲弾は、氷雪騎士団の団長が騎乗する竜の鼻先まで届いた。

そして、接触前に爆発する。

凄《すさ》まじい衝撃波に竜の首が吹き飛び、爆炎が騎士団長の身体を焼き尽くす。

「あ……え……!?」

エリヴィラは、自分の目の前で起きたことが信じられなかった。

炎の塊《かたまり》となった竜が落下していく。そして、黒煙を立ち上らせながら、海面に激突して、巨大な水飛沫《みずしぶき》を上げた。

「団長ーっ！」

父のように慕《した》っていた上官が命を落としたことに、エリヴィラ達は愕然《がくぜん》とする。

だが、すぐさま指揮《しき》を引き継いだ将校が隊旗を掲げ、士気を鼓舞《こぶ》するために躍《おど》り出た。

この立ち直りの早さは、彼らがいかに精鋭であるかを如実《にょじつ》に示している。

「おのれ！　我ら竜騎士団に傷を負わせた償《つぐな》い、貴様の命で――」

その言葉を遮《さえぎ》るように、将校の竜が爆炎に包まれた。

見ると、船の大砲が再び砲撃しているのだ。

（嘘⁉　大砲がなぜこんなに早く次弾を⁉）

大砲を発射するには、数人がかりで砲口に火薬と砲弾を込める必要がある。ほんの数秒で次弾を発射するなど常識外であった。

更に数秒後、敵の大砲がまたも火を噴く。

驚きの答えが見つからないまま、今度は彼女の直属の上官が火だるまになって海に落ちていく。

「まぐれ当たりじゃねえ！」

アルノリドが血相を変えた。

明確に、自分達は〝狙われている〟のだ。

驚愕《きょうがく》している間にも、船の大砲は次々と砲撃を繰り返し、その度に味方が吹き飛んでいく。

「クソ！　ありゃ人間業《わざ》じゃねえぞ！」

竜騎士達は、今まであらゆる敵と戦ってきた。魔物に反乱軍、侵略した国の正規軍、山賊に海賊、時には人外《じんがい》の能力を得た聖騎士とも戦った。しかし、こんな理解を超えた敵は初めてだった。

「大砲は一門だけよ！　散開して襲いかかれば狙いが追いつけないはず！」

エリヴィラはこの状況にあって、冷静な判断力を失っていなかった。竜騎士として幾多の戦場を駆けてきたのは伊達《だて》ではない。

アルノリドも頷《うなず》く。

「そのようだな、よし、散開だ！」

敵の動きは、高度な連携を見せていた。

だが、イージス艦の装備する三次元レーダーは、各個に動く数十の竜を全て探知・捕捉している。火器管制コンピュータはそれを基に、接近する目標を脅威《きょうい》度判定し、迎撃目標に指定する。そして、先程のように、優先攻撃目標に対し、最短時間での攻撃を行うのだ。

この流れは、完全に自動化されていた。

１２７㎜速射砲も照準から発砲、次弾の装填《そうてん》まで全自動である。それゆえ、人間にありがちな、能力による射撃間隔のバラつきや命中の誤差もなく――躊躇《ためら》いさえ存在しない。

さらに、対空砲弾に使用している近接信管《VT》は、小型の電波発信機を備えている。発信した電波が、目標に当たって跳《は》ね返ってくるのを検知した瞬間に、起爆するようになっていた。つまり、対空砲弾を当てる必要さえないのだ。

「……冷静な敵だ」

蕪木は、未知の敵と戦う状況に自分が置かれた時、彼らほど冷静に戦えるか自信がなかった。武人として、今レーダースクリーン上に映っている敵兵士達に敬意すら覚える。同時に、気を抜けば首を取られかねないことを実感していた。

だから彼は、自分達が生き残るために命じる。

「発展型シースパロー《ESSM》、主砲の対応範囲外の敵に対し指向！」

イージス艦のメインウェポンである対空ミサイルの射撃命令を受け、砲雷長が叫《さけ》ぶ。

「垂直式ミサイル発射装置《VLS》開放！」

射撃員《しゃげきいん》が即座に応じた。

「誘導電波照射装置《イルミネーターリンクス》配分！」

彼の言葉を受けた射撃管制員《しゃげきかんせいいん》が、ミサイル一発一発にどの敵を撃墜《げきつい》するのか、データ配分していく。

イージス艦の使用するＥＳＳＭは、セミアクティブレーダーホーミング方式によって目標を追尾する。これは、イージス艦の火器管制レーダーが放つ電波が目標から反射してくるのを、発射されたミサイルの弾頭レーダーが探知し、その反射元である目標へと突入していくという仕組みだ。レーダーで捕捉できるものなら、たとえ〝竜〟であろうとも攻撃可能だった。

目標諸元入力を完了した射撃管制員が叫《さけ》んだ。

「シースパロー発射用意よし！」

「発射命令発令《リコメンド・ファイヤー》！」

砲雷長が喉《のど》を張り上げた。

「一斉射撃《サルヴォー》！」

ミサイルの発射パネルが操作され、艦首と艦尾の甲板《かんぱん》に組み込まれているＶＬＳセルがハッチオープンした。そして、セル内に格納されていた艦対空ミサイルのＥＳＳＭが、ロケットブースターを作動させる。

「何よあれ！　勝手に爆発した⁉」

エリヴィラが目を見張る。

こちら側は何も攻撃など加えていない。まだ一騎たりともあの船には到達していないのだ。

――ＶＬＳでミサイルを一斉発射した光景は、まるで艦が炎に包まれているかのように見える。だがそれは、ミサイルのブースターが噴き上げる炎を外に逃がしているからだった。

エリヴィラはその中から、何かが飛翔《ひしょう》するのを目にした。

（光る、槍《やり》⁉）

それは、何本も空高く飛び上がると、白い煙の尾を引きながら、一直線にこちらへ向かって飛んでくる。

本能が訴えた。逃げろ、と。

「ひッ⁉」

咄嗟《とっさ》にエリヴィラは手綱《たづな》を引いて、竜を静止させる。何かが目の前を横切った。

「な、なんだありゃ……うわぁあああ⁉」

アルノリドの悲鳴がした直後、彼女のすぐそばで爆発が起きた。爆風と共に鋭い破片が頬《ほお》をかすめる。

アルノリドが犠牲《ぎせい》になったのだ。エリヴィラに分かるのはそれだけだった。

彼女は体勢を立て直すと、まるで松明《たいまつ》の炎で焼かれた夏の小虫のように、仲間の竜がばらばらと落ちていくのが見えた。

竜達の断末魔《だんまつま》の叫《さけ》び。

エリヴィラには、この目の前の光景が現実のものとは思えなかった。

竜騎士団が、これだけの損害を受けたことが、今までにあっただろうか。

「嘘よ……こんなの、嘘……」

エリヴィラは慄《おのの》いた。

竜騎士は、この世界で比類《ひるい》なき絶対の強者であったはずだ。帝国がここまで繁栄《はんえい》することができたのも、多くの竜騎士の活躍があってのこと。その竜騎士が、まるで木の葉のように打ち捨てられていく。

大砲の音が容赦《ようしゃ》なく響き、その音の数だけ仲間は燃え、海面へと落ちていった。光の槍《やり》が、逃げようとする竜に、まるで意思があるかのように追いすがり、道連れにすべく爆発した。

そう、これは悪夢だ。夢魔《むま》が見せている悪夢に違いない。

「あ……ああ……」

だが、彼女は気づいてしまった。

自分はこの悪夢の傍観者《ぼうかんしゃ》であるのか、それとも登場人物であるのか。

彼女は背後を振り返った。

悪夢は、自分だけを見逃すような真似はしなかった。

◇

ＣＩＣの中では、各担当からの報告が次々と上がっていた。

「撃墜《げきつい》四十一を確認！」

「敵残存機《サバイヴ・ターゲット》は、本艦から距離を取り始めました」

電測員からの報告に、蕪木は戦闘の終結を悟った。

ミサイル攻撃によって一度に十騎以上を失った敵が混乱状態になった後は、ほとんど一方的な戦闘だった。

近接距離に来た竜は一騎もいなかった。

敵航空戦力は完全に戦意と継戦能力を喪失《そうしつ》し、本艦周辺からの離脱を始めている。

「攻撃一時中止、モードを手動《マニュアル》に切り替える。警戒は怠《おこた》るな」

「了解」

「過熱した砲身の冷却《れいきゃく》と、消費した対空砲弾の補給作業を急がせろ」

「はっ！」

訓練の際にも発せられる命令が終わった時、ＣＩＣに束《つか》の間の静寂《せいじゃく》が訪れた。

隊員達は互いに顔を見合わせる。

自分たちは戦った。砲身が過熱し冷却水《れいきゃくすい》を浴びせなければならないほどの砲弾を撃ち込み、ミサイルの雨を敵に見舞った。

しかし、このＣＩＣで分かるのは、レーダースクリーン上に映っていた敵を示す光点《ブリップ》が消失する様子だけである。ハイテク戦とはそういったものなのだ。

隊員達は、自分らが大勢の人間を殺傷したことを知っている。ただ、そのあまりの実感のなさに戸惑《とまど》いを覚えた。

「……まるで、演習だったな」

隊員の一人がぽつりと呟《つぶや》いた。

その場にいる者全員の感情を代弁した言葉だった。

「演習ではない。それを決して忘れるな」

蕪木が、自分自身に言い聞かせるように、そう口にした。

そして、彼の隣で佇《たたず》んでいた砲雷長が、静かにレーダースクリーンに対して手を合わせた。

第5章　流星の目

戦場が、静まりかえっていた。

絶句していたのだ、兵士達が一人残らず。

「こ、この……」

リヒャルダは、震える唇を何とか開いた。

「化け物め……！」

彼女は、竜騎士団の波状攻撃を受けながら、傷一つ負うことなく海に悠々《ゆうゆう》と浮かんでいるその物体に対して、それ以外の表現が出てこなかった。

その物体の周囲では、黒焦《くろこ》げの竜が煙を上げながら波間に漂っている。

竜騎士団が壊滅した今、このマリースア攻略作戦は、完全に失敗したと言って間違いなかった。輸送用に徴用《ちょうよう》した巨鳥の多くは、戦闘の邪魔になるからと、輸送が完了した時点で撤退《てったい》させていた。

大陸を渡って侵攻した南伐《なんばつ》混成軍は、完全に孤立した状態になった。すぐに本国へ連絡する手段がない以上、もう援軍を望むことも、撤退《てったい》することも叶《かな》わない。戦いに勝利した後は、この地の占領統治を行う予定だったのだが、それが裏目に出た形だ。

しかも、目の前でありえない敗北、ありえない敵を知ってしまった将兵の士気は、どん底である。

「しょ、将軍……我らは……我らは一体何を相手に戦っているのですか⁉」

「竜騎士団を……赤子の手を捻《ひね》るがごとく海の藻屑《もくず》にするなど……や、奴らは何者なのですか⁉」

幕僚《ばくりょう》達は混乱し、彼女にすがるように答えを求める。

彼らも、リヒャルダがその答えを持たないことを理解しているはずだった。

だが、それでもすがらずにはいられないほど、竜騎士団の壊滅という事実は、彼らの心に衝撃を与えたのである。

「……許さぬ」

「は？」

リヒャルダは、眼前の城門を睨《にら》んだ。

城の半分は、こちらの手に落ちているはずだ。女王ハミエーアの首を取るまであと少しであろう。

撤退《てったい》の望みは絶たれている。謎の敵により、勝ち目もなくなった。戦士として、戦場で倒れることこそ最後の誇りだろう。

たとえこちらが結果的に全滅しようとも、このマリースアを滅ぼすことができるのなら、自分達の死には意味がある。

リヒャルダは腰から剣を抜いた。

彼女の家に代々伝わる、魔力の封じられた魔剣である。

「先祖よ……どうか我らをお導きください」

まるで聖女のように彼女は瞑目《めいもく》した。

そして、その剣を高らかに掲げると、残存する兵士達に宣言した。

「総員、我に続け！　狙うはハミエーアの首一つ！」

リヒャルダは、この絶望の中にあってなお、色褪《いろあ》せないカリスマを持っていた。

彼女の声に、部下達は奮い立つ。

士気が崩壊寸前であった部隊が、彼女のその声だけで立ち直った。

「しょ、将軍に続け！」

「わ、我ら継承帝国軍に敗走はない！」

リヒャルダは、集結した残存兵力全てを率い、城の中へと進軍していった。

だが、その歩みに希望は見られない。

たった数十分前まで勝者であったはずの彼らの、なれの果てだった。

◇

「負傷者を早く乗せるんだ！」

久世は、二つの巨大なローターを持った大型輸送ヘリ、ＣＨ‐47ＪＡが中庭へ着陸したのを確認すると、猛烈《もうれつ》なダウンウォッシュの中で叫《さけ》んでいた。

イージス艦との戦闘により戦力の大半を喪失《そうしつ》した帝国軍の攻撃は、弱まっていた。

辺りには、銃弾に倒れた帝国兵の遺体が散乱している。

久世小隊は弾薬が尽きそうになっていたが、中庭をかろうじて確保していた。

久世の声を聞き、マリースアの兵士達が担架に乗せられた重傷者達を運んでくる。

「急げ！　民の命がかかっている！」

ヘリの爆音に怖《お》じ気《け》づいている様子の兵士達を、カルダが叱咤《しった》した。

「おねえちゃん！」

「み……んな……」

久世は、運び込まれる負傷者の中に、あの侍女の少女がいるのを見た。

意識が朦朧《もうろう》としているようだったが、まだ何とか命を繋いでいた。

リュミの治癒《ちゆ》魔法が間に合ったのかもしれない。

緊張の中、少しだけ救われた気分になる。

「大丈夫ですよ。神は諦めぬ者を見捨てることはありません」

リュミは、治癒《ちゆ》魔法の長時間詠唱《えいしょう》で疲れた様子だったが、それでも優しげな表情で子供達の頭をそっと撫《な》でていた。

「弾薬の補給と怪我人《けがにん》の収容だけだ！　他の者は、もう少し待っていてくれ！」

ヘリの乗員が久世に叫《さけ》び、後部の乗り込みドアを閉める。

乗せられた重傷者は、輸送艦へ運ばれ、手術を受ける手筈《てはず》になっている。

「頼む！　早く連れていってやってくれ！」

彼らが誰一人死なないで欲しいと、久世は切に願った。

大型ヘリがエンジンの出力を上げ、猛烈《もうれつ》な風を巻き起こしながら飛び立っていく。

彼は、懸念していたことの一つが自分の手を離れたことに安堵《あんど》し、去っていくヘリを見送った。

その時だった。

「化け物めぇ！　覚悟ぉ！」

仲間の死体に紛《まぎ》れていた帝国兵が起き上がると、ブロードソードを手に、久世に襲いかかってきた。

久世はそれに気づいて小銃を向けようとするが、不意を突かれたため、動きが遅れてしまう。

「うっ⁉」

彼は目を見開き、油断した自分を後悔した。

殺《や》られる、と思った。

だが次の瞬間、目にも留まらぬ速さで帝国兵の胸に槍《やり》が突き立った。

「がはぁ⁉」

帝国兵はその場に崩れ落ちる。

久世は、槍《やり》に見覚えがあった。

見事な装飾が施されており、赤い宝石のようなものが切っ先に埋め込まれている。そして、かなり重そうだった。カルダの得物《えもの》だ。

その槍《やり》を敵から引き抜いたカルダは、久世を鋭く睨《にら》んだ。

「戦場で油断するなっ！　貴公の死は部隊の死と同義なのだぞ‼」

「す、すまない……」

彼は返す言葉もなかった。今のは完全に自分の不注意だ。

カルダには、命を救われた形になった。久世は彼女に対し、申し訳なさそうな顔をする。

そんな彼を見て、カルダがふっと微笑《ほほえ》んだ。

「死なないでくれ。異世界の人間である貴公が、本来この国と関わりなき貴公が……ここで死んではいけないのだ」

久世は思わず、カルダの顔を見つめてしまった。

優しげな表情だった。

どうやら、彼女なりにフォローしてくれているらしい。

久世は銃を構え、警戒しつつバリケードへ戻りながら彼女に言った。

「個人的なことを一つ言わせてもらってもいいですか？」

「え？」

バリケードに入り、身を潜める。

カルダもその横に中腰で待機した。

久世は、残りの弾薬を確認しながら話を続ける。

「関わりないわけじゃないですよ、カルダさん。短い時間だけれど、あなたや、あの侍女の娘《こ》や、リユミさんに出会った。たとえ、日本の自衛官の立場として抱いてはいけない感情だとしても、僕は違う世界の違う国に生きるあなたを守りたいと思ったんです」

「クゼ……殿……」

カルダは久世の言葉に、息を呑《の》んだ。

〝君を守りたいと思ったんだ……カルダ〟

彼女の脳裏に、過去の記憶《きおく》が過《よぎ》る。

婚約者と最後に会った時の記憶《きおく》だ。

武勇には秀《ひい》でてなかったが、文学を愛していた。

会う度に、カルダの領地の花々や民話の由来などを教えてくれた。博識だったのだ。

そして、貴族であることをまるで鼻にかけず、領民と打ち解け合おうとする優しさを持った人だった。

そんな彼に対し、自分はあまり感情を表に出せなかった。

端《はた》からすれば、情けない地方貴族の坊ちゃんが、良家の許嫁《いいなずけ》に冷たく扱われているように見えたことだろう。

だが、カルダはそれで幸せだった。

政略結婚だとしても、彼なりに許嫁《いいなずけ》の自分を幸せにしようとしている。彼女はそんな彼の誠実さが好きだった。

口にはしなかったが、不満などなかったのだ。

だが、最後に会った時。

国境で隣国との小競《こぜ》り合いが発生し、その兵の招集に彼が応じると打ち明けた時。

彼は言ったのだ。

あなたを守りたい、と。

目の前にいる、異世界からやってきた、クゼという名の若者のように。

武勇のためでも、貴族の義務でもなく。

ただ、守りたいと。

「大丈夫ですよ、どうも僕はついてるみたいだ。カルダさんにこうして守ってもらえたし」

「え……？」

カルダは、久世の言葉によって現実へと引き戻される。

そして、彼の笑みを見つめた。

「死にませんよ、僕は。死ぬつもりもありません」

彼女は、自分が涙を流しそうになっているのに気づいて、咄嗟《とっさ》に顔を背《そむ》けた。

誰に対しても優しく。

自分よりも他人の幸福を優先し。

我が身の犠牲《ぎせい》を顧《かえり》みずに誰かを守ろうとする。

顔も、人種も、着ているものも、何もかも違うのに。

それは、あまりにも彼に似ていた。

「どうしました？」

「いや、すまん、貴公らの乗り物に煽《あお》られたゴミが目に……」

見え透《す》いた嘘だった。

だが、久世はそれを大真面目《おおまじめ》に受け取った。

「そりゃまずい。しまったなぁ。飛散物防止のために、普通はゴーグルを着けるんですが……ちょっと見せてください」

彼は腰を上げるとカルダの顔を覗《のぞ》き込んだ。この辺りの、微妙に空気の読めないところが、元カノと別れる原因になったのかもしれない。

「きゃっ……！」

泣いた顔を見られたくなかったカルダは、短い悲鳴を上げて彼の手を振り解《ほど》いた。

久世も、戦場でもほとんど動じない指揮官《しきかん》であるはずの彼女が、まるで少女のような声を上げたのに動揺した。

「わ⁉ あ、す、すいません」

何が何やら分からず、反射的に謝った。

「い、いや、こちらこそ失礼した。も、もう大丈夫だ。問題ない」

カルダは槍《やり》を手にすると、逃げるようにバリケードから立ち上がった。

「ちょっと待ってください」

「い、いや、だから大丈夫なのだ！」

「違います、そうじゃない！」

久世は通信機に聞き耳を立てていた。

尖塔《せんとう》に上っている狙撃手の市之瀬からだ。

『久世三尉！　正面に敵影！　大勢の歩兵がこちらへ向かってきます！』

久世は双眼鏡を手にバリケードから身を乗り出した。

「……敵の主力か？」

隣でカルダが呟《つぶや》いた。

◇

静かだ、とリヒャルダは思った。

戦場の、それも最前線にあって、ここまでの静寂《せいじゃく》を感じるのは初めてだった。

だが、中庭には夥《おびただ》しい数の味方の死体が転がっている。

倒された竜と、奇怪な物体の残骸《ざんがい》らしきものも見える。

その奥に、矢を防ぐためだろうか、家具などを積み上げた不格好《ぶかっこう》な陣のようなものがあった。

そこに、何者かがいる。

帝国軍の前に、立ちはだかっているのだ。

この世界で最強と言っても過言ではない竜騎士団を、一瞬で壊滅《かいめつ》させるだけの力を持った何者かが。

もはや、運命は変わらないだろう。

だが、最後は納得しておきたかった。

武人として、騎士として、自分を斃《たお》すという名誉《めいよ》を得る者の正体を知るのは、斃《たお》される者の願望であり、己の正体を知らせることが斃《たお》す者の義務だ。

「ここで待て」

「将軍!?」

「危のうございますぞ！」

部下の制止も無視して、リヒャルダは前へ歩んだ。

彼女は歩きながら考えた。

敵が一体何者なのか。

マリースア軍でないことは間違いないだろう。それには確信があった。ここへやってくるまでに戦ったマリースア軍は、頑強《がんきょう》であったが帝国軍の敵ではなかったからだ。

あのセイロード湾に浮かぶ鬼神がごとき戦船《いくさぶね》。

奴らはあれに乗ってきたのだろうか？

一体、どこから？

遠く、四大陸の果てからか？

継承帝国の覇道《はどう》を阻《はば》まんと、義勇軍としてやってきたのだろうか？

分からない。憶測《おくそく》以上のものは何一つ浮かんでこなかった。

「止まってください」

相手の顔が見えそうな距離にまで来ると、向こうから声がした。

リヒャルダは一切動じず、堂々とした態度で声を張り上げた。

「我が名はリヒャルダ！　フィルボルグ継承帝国南伐《なんばつ》混成軍総大将にして、継承帝陛下より第四階位将軍の位を賜《たまわ》りし者！　貴公らの将《しょう》に接見を申し込むものなり！」

マリースア兵だろうか、動揺の声が聞こえた。

こやつらではない。こやつらに、我が最強の軍勢が負けはしない。

すると、家具の積み上げられた不様《ぶざま》な陣地から、一人の男が立ち上がった。

「日本国陸上自衛隊、久世三等陸尉であります。本部隊の指揮官《しきかん》です」

彼はそう言ってリヒャルダの元へ歩いてくる。

若く、奇妙な男だった。

緑色や茶色、黒色などを織《お》り交ぜた、まだら模様のおかしな服で全身を包んでいる。

だが、よく見ると鎧《よろい》のようなものを身に着けていたり、腰にはナイフも提《さ》げている。装備品は、かなり機能的な作りになっているのが分かった。

無様《ぶざま》な陣地を観察すると、彼と同じ服装の者が三十名ほどいるのが分かった。

こいつらが？

リヒャルダは半信半疑だった。

目の前の男は、おそらく自分よりも若い。

彼は、洗練された動作で、額の前に手のひらをかざした。

いったい何のつもりなのか一瞬分からなかったが、それが彼らなりの礼節なのだと理解する。

彼女は鷹揚《おうよう》に頷《うなず》いてみせた。

銀髪の女将軍に、退《ひ》くつもりはなかった。

「……貴公が総大将というわけではなさそうだな？」

「私は現場指揮官《しきかん》です。最高司令官はあの艦にいるので、今お会いすることは残念ながら叶《かな》いません」

「そうか」

リヒャルダは悠然《ゆうぜん》と構える。

たとえこの男が総大将であったとしても、動じてやるつもりはなかった。

「ニホンという名の国から遠征してきたのだな」

「はい……もっとも、ここへ来ようという意思があって来たわけではありませんが」

「ふん。異なことを言う。しかし、聞かぬ国だ。それはどの大陸にある国だ？」

「この世界には、存在しない国です」

「何？」

リヒャルダはその時、初めて動揺を見せた。

「我々は、異世界からやってきた……自衛隊という名の武装集団です」

「異世界……だと？」

マリースア軍が味方につけた集団は、傭兵《ようへい》か義勇軍の類《たぐい》だと考えていた。

しかし、数多くの戦場を駆けてきた自分でも、正体が分からなかった。

見たことのない服を纏《まと》い、異形の武器を持つ者達。

分からないはずである。この世界以外の存在など、推測しようがない。

驚愕《きょうがく》する彼女に、男は言った。

「率直に申し上げます、将軍」

「……何だ、クゼ殿」

彼は、ゆっくりと口を開いた。

「撤退《てったい》してください」

「……乗ってきた鳥は対岸に返した。勝つつもりでいたのでな」

「なら、マリースア軍に降伏《こうふく》してください」

リヒャルダは失笑した。

街を焼き、同胞《どうほう》を虐殺《ぎゃくさつ》した自分達を、マリースアの連中が捕虜《ほりょ》にするというのか。

武器を置いたら最後、良くて斬首《ざんしゅ》か縛《しば》り首。悪ければ、拷問《ごうもん》された挙《あ》げ句《く》に奴隷《どれい》にされるか、殺される。

「冗談《じょうだん》で言っているのでなければ、貴様はとんだ偽善者《ぎぜんしゃ》だ」

「ジュネーブ条約を……あなた達の命を保障するよう、我々が仲介しましょう」

「断る。我らは武人として戦場で生き、戦場で死ぬ。武器を置き、戦場以外で死ぬ恥辱《ちじょく》は受けぬ」

「なら、なぜ私に会いに来たんです？」

「何だと？」

男は、帝国軍の若き将軍に静かに問いかける。

「……部下を救いたいと思ったのではないんですか？」

「一つ、言わせてもらう」

リヒャルダは、まるで肉食獣のごとく殺気立った眼光を、彼へ向けた。

「そんなくだらん処女《しょじょ》のようなことをほざく貴様らに、我が将兵が負けたこと、私は絶対に認めん！」

彼女は腰から魔剣を引き抜いた。

久世は肩にかけた小銃を手にした。

だが、撃てない。

至近距離で生身の人間を撃つことに、躊躇《ちゅうちょ》してしまったのだ。

〝偽善者〟という彼女の言葉を、久世は痛感した。

たとえ自分に害意ある存在だとしても、若い女を撃つことができない。

子供を殺そうとした帝国兵は撃てても、自分を殺そうとする美しき女将軍は、撃てなかった。

だが、至近距離の相手を殺傷することを躊躇《ためら》うのは、現実の戦場においても珍しいことではない。切迫した条件が揃《そろ》わなければ、人は人を撃てないのだ。今の久世も、防衛本能より、罪悪感の方が勝ってしまっていた。

「剣よ吠《ほ》えろっ！　全てを滅する炎を宿せ！」

リヒャルダは、剣に炎を纏《まと》わせた。

魔剣バルムンク。

この剣には、気高く残忍な炎の精霊を封じた青い宝玉が埋め込まれている。

彼女の祖先であるグンター伯爵《はくしゃく》は、僅《わず》か百人の兵と共に東部国境のマルス砦《とりで》を、隣国の侵攻から守り抜いた英雄として、帝国の中でも名高い人物だった。

バルムンクは、その彼が手にした武器だ。冒険者だった頃にサーラルの迷宮の中で手に入れたと伝えられている。魔法を斬ることができ、魔法の力で生かされているアンデッドや死霊を相手に戦っても負けはしない。

「武人が死すは戦場のみだっ！　抜けい異界の騎士よ！」

彼女は一騎討ちを挑《いど》む。

騎士として、敵と刃を交える栄誉を期待して。

だが、次の瞬間、何かが身体を突き抜けるような感覚がした。

「え……？」

がくん、と身体から力が失われる。

時間差で、彼女の耳に乾いた音が聞こえた。

自分の胸元を見ると、鎧《よろい》に穴が空いていた。

彼女は思い出した。

〝見えない矢〟に指揮官《しきかん》達が次々と倒されたという報告を。

「かはっ……⁉」

やられた、と理解した瞬間、彼女は血を吐いてその場に倒れた。

久世は呆然《ぼうぜん》と銃を構えたまま、彼女を見下ろしていた。

『く、く、久世三尉、お、俺……』

彼の通信機に、塔の上でこの様子を見守っていたであろう市之瀬の、震えた声が飛び込んできた。

久世はハッとした。

市之瀬は、自衛隊狙撃手の配備理由である『味方指揮官《しきかん》を守る』という任務を全うしたのだ。久世と同じく、スコープの先にいるリヒャルダを撃つことに躊躇《ためら》いを感じながらも。

久世は加藤のことを思い出した。

自分に、撃つだけの勇気と逃げ道を与えてくれた上官を。

久世は通信機に向かって、できるだけ明るい口調で言った。

「市之瀬！　ありがとう助かった！」

『え……？』

「すまん、いつもの癖《くせ》で銃の安全装置をかけたままにしていた。お前が撃ってくれなかったら死んでたよ」

久世はそう口にすることで、若い陸士である市之瀬の罪悪感を、少しでも軽くしてやろうとした。

通信機の向こうで、それを察したのか、あるいは単なる苦悩なのか、市之瀬が押し黙る。

「無事か⁉　クゼ殿！」

背後から、カルダが駆けてくるのが分かった。

久世が振り返ると、彼女は彼に怪我《けが》がないことを知り安堵《あんど》したようだ。

――と。

「ふ……ふ……」

仰向《あおむ》けに倒れ、空を見上げていた瀕死《ひんし》のリヒャルダが、薄く笑った。

カルダが、目を細めて彼女の元へ歩み寄る。

「何がおかしい？　侵略者」

「こんな不様《ぶざま》な死に方……とはな……」

カルダは、鼻で笑うと、槍《やり》を構えた。

「楽にしてやる。侵略者には過ぎた慈悲《じひ》だ」

リヒャルダは、カルダの言葉が耳に入っていないかのように、久世へ視線を向けた。

「クゼ……と言ったな？」

「はい、将軍」

「最後に、聞かせろ……」

久世は頷《うなず》いた。

「お前は何のために武器を持った……？」

久世は、ぎくりとした。

ここまで真っ直《まっす》ぐに、それを問いかけた人間は、元の世界にも、この世界にもいなかった。

取り繕《つくろ》いたい気持ちが生まれる。

しかし、それは死にいく者に対し恥ずべきことだと思えた。

久世は、正直に答えることにした。

「手前勝手な理由かもしれませんが、守りたいと思える誰かを守るためです」

国のため、と自衛官なら答えなければいけないのかもしれない。

だが、それができなかった。

自分は結局のところ、身近な誰かを守るためにしか勇気が持てない。

自分が殺されそうになっても、引き金が引けなかったように。

リヒャルダは、乾いた笑いを浮かべた後、大量に吐血《とけつ》した。

「……私も、そのはず……だった」

そう言い残し、リヒャルダは絶命した。

カルダが、複雑そうな表情で敵将を見つめる。

久世は、リヒャルダの遺体のそばに身をかがめた。そして、彼女の見開かれた両目をそっと閉じてやった。

「……カルダさん」

「ああ」

「誰も彼もが死に急いでますね、戦場は……」

「クゼ殿……」

ややあって、久世は決然とした表情で顔を上げた。バリケードに戻り、拡声器をひっ掴む。

『帝国軍将兵に告ぐ！　この国からの撤退《てったい》か、さもなくば武装解除の上での降伏を要求する！　従わない場合は、こちらも決戦を辞《じ》さない！　あの竜達のようになりたいか‼』

久世の絶叫《ぜっきょう》が、城に響いた。

帝国軍の兵士達は、既に精兵としての誇りを打ち砕かれていた。

どんなに屈強であったとしても、指揮官《しきかん》が、それも絶対的な信頼を寄せていた指揮官がいなくなれば、部隊は骨抜きになってしまう。

モラルブレイク。部隊として機能しなくなるほどの恐怖と絶望が、彼らを支配していた。

「お……おお……しょ、将軍閣下が……」

「お、お、終わりだ……もう終わりだ……」

黒い甲冑《かっちゅう》に身を包み、この世界では比類なき軍隊であったはずの継承帝国の騎士達が、次々と嘆《なげ》きの言葉を発する。

「カルダさん」

久世は真剣な目でカルダを見た。

「何だ？」

「無抵抗の彼らを一人でも殺したら、今度は彼らの味方になりますからね」

マリースア兵達がぎょっとした。

だが、カルダは頷《うなず》くだけで、異を唱えたりはしない。

久世を恐れているわけではない。

「承知した。その約束、私の名誉《めいよ》にかけて守ろう」

同胞《どうほう》の反発は必至だったが、それでも彼女はそう誓った。

国を救ってくれた恩義や、帝国軍を破った力への恐れでもない。

ただ、この青年のことを信じて。

彼女は、敵に向かって声を張り上げていた。

「武器を捨てよ！　さすれば命までは取らぬ！」

帝国兵も、その言葉に安心したのか、我先にと武器を捨て始めた。

普通、戦いの後に残るのは、勝利か死のどちらかしかない。そう覚悟していたところに、生への希望が生まれれば、それにすがりたくなるのが人情だった。

特に、勝利が望めないこの戦場にあっては。

多くのマリースア兵は、その光景を戸惑《とまど》いと共に眺めていた。

だが、一部の者が不穏な動きを見せた。

殺気である。

仲間を、家族を殺された恨《うら》みからの。

しかし、それに気づいたカルダが叫《さけ》んだ。

「我が命《めい》に背いて私刑《しけい》行為に走る者は、上官反抗と見なす！」

その迫力に、武器を手に無抵抗の帝国軍へ向かおうとした者達も諦めるしかなかった。

「終わった……のか？」

避難民と一緒に、玉座の間へ続く回廊にいた加藤が、ひょっこり顔を出す。

「武器を捨て、両の手を挙げた者からこちらへ来ることを許可する！　そうでない者はそちらへ残れ！」

カルダの言葉で、最初はぽつぽつと、次第にゾロゾロと、武装解除した帝国兵達が不安げな表情でやってくる。

どうやら終わったようだ、と加藤は胸を撫《な》でおろした。

たとえ、まだ抗戦の意思がある者がいたとしても、マリースア軍を圧倒するほどではない。こういった敵地のど真ん中で、一度崩壊した組織を立て直すのは、まず無理だ。

「やれやれ、後が大変そうだけど……ん？」

加藤は、こちらへやってくる者の一人に、違和感を抱いた。

（……笑ってる？）

その男は、リヒャルダの遺体へと歩いていった。

「惨《みじ》めな最期でしたな、リヒャルダ将軍」

ローブの男が、心底嬉しそうな口調で横たわる死体に言った。

そして、一本の剣を見る。

魔剣バルムンク。リヒャルダが持っていた青い宝玉の埋め込まれた剣である。

彼――ゲンフルは笑った。

そんな武器と、圧倒的なカリスマを持ったリヒャルダでさえ、あの存在には敵《かな》わなかった。

◇

「異界の化け物共め、やりおるわ」

彼は、湾内に浮かんでいる異形の船を見やる。

「クク……だが貴女《あなた》の死は無駄にしませんよ」

ゲンフルは、懐《ふところ》からある物を取り出した。

それは、古びた水晶の珠《たま》だった。美しく磨《みが》かれた、完全なる球体。

「私が身を置いている教団はですな、将軍」

世間話でもしているかのように言うと、彼は煤《すす》にまみれた剣を拾い上げる。

剣の魔力の鼓動を感じる。まるで自分を拒絶しているように思えた。普通の人間ならば、つらくて持てないかもしれない。

しかし、彼は魔術師だった。それも、かなりハイクラスの。この程度の耐性は持ち合わせている。

「プロミニア陥落《かんらく》の際、あの国の馬鹿共がとんだ置き土産《みやげ》をしてくれたのを発見したのですよ」

玉座を奪うことに固執《こしつ》して、宮廷魔術師達を丸々取り逃がした騎士団のお陰《かげ》です、と彼は語る。

「奴らは、自分達が世界の中心だと思っていましたからな。自らが滅ぶくらいなら世界が滅んでも構わないとでも考えたのでしょう。古文書を頼りに〝有翼の民〟の魔法を使い、あの怪物をこの世界へ呼び寄せた」

ゲンフルは水晶玉を掲げて見せた。

「そう、あやつらはこの世界の存在ではないのですよ、将軍。私は貴女方《あなた》、南伐《なんばつ》混成軍が壊滅した場合、その後始末を命じられているのです」

魔剣をリヒャルダそのものであるかのように、彼は語り続けた。

それは、狂気の陶酔《とうすい》に彩《いろど》られていた。

「我らは、この世界の均衡《きんこう》を保たねばなりませぬ。この世界に、あやつらはあってはならぬ存在。この世界を歪《ゆが》ませ、混沌《こんとん》を呼ぶ存在なのです」

ゲンフルは、死体の山を見た。

「貴女《あなた》では結局、奴らを止めることができなかった。だから、私が全てに決着をつけて差し上げましょう」

水晶の珠《たま》を愛《いと》しげに見つめていると、彼は魔剣が震えていることに気づく。

強く、恐ろしい魔力が、その水晶の珠《たま》には込められていた。魔剣はそれを感じとったのだろう。

「ククク……〝流星落とし〟を御伽話《おとぎばなし》で耳にしたことはおありですかな？　太古に滅んだと言われる有翼の民は、〝流星の目〟という制御器を使い星を降らせ、反逆者や蛮族《ばんぞく》共を討ったと伝えられております。誰もが御伽話《おとぎばなし》だと信じていますがな……我が教団はそう思っておりません。なぜなら……ここにあるからですよ……その〝流星の目〟が」

空にかざすと、水晶の中に何かが見えた。

それは、単に空の景色が屈折して映り込んだわけではない。

水晶の中に、宇宙があったのだ。

「この水晶こそ、破壊の魔具、〝流星落とし〟の制御器――〝流星の目〟なのです」

彼は燃える都を見下ろした。

「世界の安寧《あんねい》が、国一つ消える程度で得られるなら安いもの」

そして、手にしていたリヒャルダの剣を地面に突き立てた。

「私は嬉しい。自分は今、世界を救おうとしているのだから」

彼は自らの胸の内をさらけ出した。

「貴女《あなた》は私を軽蔑《けいべつ》していましたが……私も守っているのですよ、帝国を、世界をね！」

水晶を両手に持ち、彼は精神を集中し始めた。

額に汗をかいているのは、この土地が温暖であるからだけではない。

この魔導兵器は、彼一人で扱うにはあまりにも強力過ぎた。そして、それは彼も理解している。

「制御には代償《だいしょう》がいる。それは私の命だ。だが、構わない。なぜなら、私の名は教団の中で永久に語り継がれるのだから。帝国の精鋭でさえ倒せなかった異界の敵を、その命と引き替えに葬《ほうむ》った殉教者《じゅんきょうしゃ》としてね！」

彼は生還するつもりがなかった。これは望むべき死。名誉《めいよ》の死なのである。

次第に彼の身体が震え始める。

心臓が早鐘《はやがね》を打ち、皮膚には血管が浮き出した。

限界まで集中力を高めていくうちに、〝流星の目〟は、ゲンフルの体内へと入っていった。

そして、ゲンフルの生命を直接吸収し始める。

それでも、これを扱うには足りない。足りないものは補う必要がある。

ゲンフルは闇に包まれた。

闇は、周囲に散らばる死体を貪《むさぼ》るように取り込み始めた。新鮮な血と無念を喰《く》らうことで、闇は肥大した。

「な、何だ⁉　何が起こってるんだ⁉」

異世界人の青年が叫《さけ》んだ。ゲンフルは彼に気づき、優越感に震えた。

――今、自分は全てを超越した存在になったのだ。

そして、ゲンフルは闇に呑《の》み込まれ、闇そのものになった。

しかし、何とか制御には成功する。無上の達成感が湧《わ》いてきた。

「はは、はははは！　さぁ……異世界の怪物共よ、この国と共に消えるがいい！」

◇

同時刻――

イージス護衛艦〝いぶき〟。

敵主力が降伏《こうふく》し、緊張が解けていたＣＩＣで、突然、レーダーを担当している電測員が叫《さけ》び声を上げた。

「し、司令！」

「どうした」

部下の声に、蕪木は緊張感を取り戻した。

「微弱《びじゃく》ながらレーダーに感《かん》あり！　大気圏外《たいきけんがい》から飛来物体の可能性が！」

「何だと⁉」

それが何を意味するのか、最初は誰も想像できなかった。しかし、嫌な予感がしたことだけは、共通していた。

「精密にその目標を測定しろ」

「了解！」

全方位に向けられていた三次元レーダーの電波照射を、指定方向に集中させる。周囲に敵がいないからこそできる方法だった。

「こ……これは⁉」

データ解析《かいせき》の結果に、隊員が青ざめた。

「い、隕石《いんせき》です！　巨大な隕石がこちらへ向かって落下しています！」

「隕石っ⁉」

ＣＩＣが騒然とした。

自然現象にしては出来すぎだ。

隕石がこのタイミングで、しかも自分達の方へ落ちてくる。手段は全く分からなかったが、それが何らかの人為的《じんいてき》な攻撃であることは想像がついた。

イージス・システムのスーパーコンピュータが、隕石が落下した場合の破壊力についての演算結果を表示した。

それを見た誰もが言葉を失った。

核攻撃に匹敵《ひってき》するエネルギー量だったのだ。

──助からない。

自分達は今、先程とは比較にならないほどの危機に瀕《ひん》している。そのことを理解し、隊員達の顔が恐怖で引きつった。絶望が全員の心を支配していく。

どうする、どうしようもない。

誰もが互いに顔を見合わせ、今にも喚《わめ》き出しそうな雰囲気《ふんいき》だった。

だが、蕪木は冷静に尋《たず》ねる。

「ここへの到達予想時間は？」

「お、およそ二十分程度かと思われます！」

「くっ……！」

ディスプレイに映し出された、隕石の落下推定シミュレーションの画像に、蕪木は焦燥《しょうそう》を抑えることしかできなかった。

◇

異変を感じ、城のテラスへ駆け出たハミエーアは、朱《あけ》に染まった空を見て愕然《がくぜん》とした。

この世の終わりが存在するのなら、きっとその時の空はこんな光景に違いない。

少なくとも、この国にとっては〝終わり〟の具現だった。

ハミエーアは褐色《かっしょく》の額に汗を浮かべる。

博識な彼女は、この景色が何を意味するのか理解していた。

古代有翼人伝説の文献に、しばしばその存在を匂《にお》わせる記述を目にすることがあったのだ。

「〝流星落とし〟じゃと……!?　帝国め、そこまでしてこの国を滅ぼしたいのか?」

絶望に打ちひしがれる彼女の元に、侍女がかけ寄った。

「へ、陛下、ここでは危険でございます！　地下室へご避難を！」

「……城なぞ地下ごと吹き飛ばすほどの隕石が降ってくるのじゃぞ?」

ハミエーアはその時、年相応の少女の顔になっていた。〝流星落とし〟は、どうあがいても助かる手段のない攻撃なのだ。

「いかに異世界からやってきた軍勢だとしても……これは無理じゃろう……」

彼女は、膝《ひざ》を力なく折ってテラスに座り込んだ。

同じ頃、加藤も赤い空に目を見張っていた。艦隊からの連絡によって、隕石が降ってくることは知っている。

ただ、そうは言っても〝科学〟的常識の世界にいた彼にとって、その光景は信じ難《がた》いものだった。しかし、才能と呼んでいいほどの順応性の高さから、それを現実のものとして受け入れる。

そして彼なりに、この隕石による攻撃がいかにして行われたのかを考えた。

「どうやって隕石をピンポイントでここに落下させたんだ……?」

加藤が疑問に思ったのは、まずそこだった。海上自衛隊の護衛艦乗りという職業柄、こうした超遠距離からの攻撃に関して、その威力《いりょく》よりも、まず誘導方法が気になるのだ。たとえ魔法によるものだとしても、隕石を自分が願った場所に落下させるのは、相当困難であるように思えた。

何か、誘導方法なり引力の源なりが存在するのではないか。

「……いや、きっとそうだ」

彼は、空の異変と時を同じくして現れた黒い怪物を睨《にら》んだ。

「やるしかないな」

そこには、自衛官らしくないといつも周囲から奇異の目で見られている変人ではなく、使命に燃える艦隊首席幕僚《ばくりょう》がいた。

絶対に諦めない。

専守防衛という、最初から後がない戦法を取る自衛隊において、諦念《ていねん》は国家消滅を意味する。だから、たとえ根本的な解決方法がなくとも、少しでも被害を減らすための努力を怠《おこた》ってはならない。

「蕪木司令……頼みますよ」

彼は湾内に浮かぶイージス艦を見つめた。

◇

加藤と思いを共有する男が、船の上にいた。

海自幹部の黒い作業服に、灰色のライフジャケットを身に着けていることを除けば、人がよさそうな中年といった容姿の男。優秀ではあったが、愚直《ぐちょく》とも言える現場主義が災いしてその能力に見合った出世ができていない幹部自衛官である。

彼——蕪木は悩むよりも先に、自身が取り得る手段を口にした。

「弾道ミサイル迎撃《BMD》モード起動」

「は、はぁっ!?」

命令を受けた砲雷長は、蕪木の正気を疑って、反射的に彼の顔を見た。

隕石の落下という常識外の状況に、乗組員の多くは平静を失っていた。

蕪木はそれを知り、敢《あ》えて冷静を装った。

パニックに陥《おちい》った部下は、冷静な上官に無条件ですがるはず。そんな打算があった。

「スタンダード《S》ミサイル《M》３、発射用意」

蕪木は焦《あせ》らなかった。

まだ、自分達にはやれることが残されている。

人は、〝運命〟と呼ばれるあまりにも強大なものに対して、諦め、流され、身を委《ゆだ》ねようとしてしまう不思議な心理を持っている。蕪木はそれが嫌いだった。海の男として、そんな卑屈《ひくつ》な精神は許容できない。

あがいてやる、最後まであがききってやる！

蕪木は温厚で多くを語る男ではなかったが、心の内には激情を潜ませた人物だった。

「りょ、了解！　ＳＭ３、スタンバイ！」

砲雷長が、訳が分からないといった顔をしながらも、命令に従う。

ＳＭ３は、大気圏外《たいきけんがい》から高速突入して来る大陸間弾道ミサイル《ＩＣＢＭ》を迎撃するために開発された、超高々度迎撃ミサイルである。イージス・システム、それもＢＭＤソフトウェアを搭載《とうさい》したイージス護衛艦にのみ発射が可能な最新鋭防御兵器だった。だが、技術的に未完成な部分があり、高確率での迎撃は難しいとされている。

それは、撃ち出されたピストルの弾丸を、真正面から同じ口径の弾丸で撃ち落とすくらい、困難であると表現されてもいる。

「ありったけ撃ち込め」

蕪木は命じる。

砲雷長が狼狽《ろうばい》した。

「ま……まさか隕石を、迎撃⁉」

蕪木は無言の肯定をする。

前代未聞の試みだった。

だが彼は、勝算があると踏んでいた。

隕石は、多弾頭核ミサイル《MIRV》のように、多数の目標が飛来することはなく、単一目標である。更に、弾道ミサイルのようにロケット部分を切り離して、弾頭だけになって落下してくるわけではない。つまり、隕石は弾道ミサイルに比べて遥《はる》かに巨大なのだ。

的は大きく、命中させやすい。

可能性は五分五分。

「発射用意よし！」

まさに賭《か》けだ。

賭《か》け事は苦手な方だったが、賭《か》けなければならない時というのが人生にはあるのだ。

「発射を……許可する！」

蕪木は、〝いぶき〟を信じた。

〝いぶき〟は、弾道ミサイル防衛を前提に建造された、海自初のイージス護衛艦だった。

〝北〟の核武装疑惑を始めとする、緊迫する国際情勢に対応するため、最新技術を可能な限り積み込んでいる。

最後の最後に人々を守る盾《たて》となることを期待されて。

（〝いぶき〟、お前はこの世界でも最後の盾《たて》だ……！）

この異世界で。

誰も抗《あらが》う術《すべ》を持たない暴虐《ぼうぎゃく》を前に。

それを止められるのは、このイージス・システムを備えた護衛艦ただ一隻のみ。

〝いぶき〟を初めて目にした時の記憶《きおく》が蘇《よみがえ》った。進水する前の、艦の命名式でのことだった。

「いぶきか」

「また無難《ぶなん》な名前がついたな」

「一発も撃たずにスクラップになった船の名とはね……」

周囲で、そんな言葉が囁《ささや》かれた。

〝いぶき〟の名の由来は、旧日本海軍の巡洋艦〝伊吹〟である。第二次世界大戦末期、建造途中で終戦となり、一度も戦うことなく生涯《しょうがい》を終えた船だ。

だが、蕪木はそんな船に乗れることが嬉しかった。一度も戦わなかった艦こそ、最も自衛隊にとっては誇らしい船なのだから。

彼は、物言わぬこの鉄の塊《かたまり》を、まるで神にすがるように信じた。

「発射ぁーっ！」

砲雷長が叫《さけ》ぶ。

この艦だけではない。この世界にいる全ての命を懸けた戦いだった。

甲板《かんぱん》のＶＬＳセルが開き、スタンダードミサイルが空へと飛び立っていく。数にして十発。すぐに音速の壁を超え、空を駆け上る。

これだけ多くのＳＭ３を同時発射することは通常ありえない。しかし、目標の巨大さと頑強《がんきょう》さを考慮すれば、これでもまだ不安と言えた。

「ＳＭ３の発射を確認、目標到達まで二百十秒《ふたひゃくじゅうびょう》！」

「第一段をパージしました！」

ＳＭ３は三段式のミサイルである。打ち上げ用ブースターの初段、巡航用の二段、そして直撃・迎撃用キネティック弾頭を搭載《とうさい》した三段、である。射程距離約四百五十キロ、限界上昇高度約二百五十キロ。これは、宇宙空間に到達する性能だった。

レーダースクリーンに、〝いぶき〟から発射された迎撃ミサイルと迫りくる隕石の双方が表示されていた。

二つは徐々に距離を縮めていく。

「第二段ロケットを切り離し！　弾頭保護カバー《ノーズコーン》、解放。キネティック弾頭が起動しました！」

第三段のキネティック弾頭は、目標到達の三十秒前に第二段を切り離して起動する。相対速度秒速数キロという凄《すさ》まじいスピードの中、高精度シーカーは相手の赤外線を探知し、確実に迎撃できるように進行コースを微調整する。

その間が、三十秒。

つまり、あと三十秒後に、全てが決まるのだ。

隊員達は、空調の効いたＣＩＣにありながら、緊張のあまり額と首筋に汗を流していた。

「げ、迎撃十秒前……」

荒い息をする射撃管制員が報告した。

もう、スクリーン上の二つは、ぴったりと重なる寸前だった。

遂《つい》にカウントダウンの段階に突入する。

「五……四……三……二……スタンバイ……」

机に置いた拳《こぶし》を強く握り、蕪木はきつく目を閉じた。

自分達の、いや、この国にいる数千数万、数百万の人々の運命が決する瞬間を、直視することができなかった。

射撃管制員の叫《さけ》びが耳に届いた。

「――迎撃、今《マーク・インターセプト》！」

空が、光った。

ゲンフルは歓喜と苦痛の中で、その瞬間を見た。いや、感じたという方が正しいのかもしれない。

水晶を取り込んだ彼は、まとわり付く闇の怨念《おんねん》により人の形を失いつつあった。

〝流星落とし〟の代償《だいしょう》は、伝え聞いた術者の命ではなかった。

実は、術者の自我《じが》が代償《だいしょう》なのだ。

人から人ならざる者へと存在を変質させる。

普通ならば。

彼の執念《しゅうねん》は凄《すさ》まじく、闇に呑《の》まれた今も、自我《じが》を保っていた。

この国の終わりを、この世界へ入り込んだ異物が滅ぶのを、この目で見届けたいという、歪《いびつ》な欲求だけを支えにして。

しかし、その願いを妨《さまた》げるように、空に閃光《せんこう》が迸《ほとばし》った。まるで、雷の光が瞬《またた》くかのごとく。

彼は、隕石に何か起きたことに気づいた。体内にある水晶が、隕石の痛みを教えてくれるのだ。

――イージス護衛艦の放ったキネティック弾頭十発の命中により、隕石は一ギガジュールに匹敵《ひってき》する運動エネルギーの直撃を受けていた。これは、音速で約百トンの鉄球と正面衝突したのとほぼ同等の衝撃である。

隕石は大きく突入スピードを減退させた。そして、衝撃に耐え切れず、砕け散る。

巨大な隕石は、大小数十の小隕石体となった。

だが――破壊力が無になったわけではない。砕けた状態でも、マリースアと異世界人を破滅へと導くのに十分な威力《いりょく》を保持していることが、ゲンフルには分かった。

「ハハハハハッ！　いいぞ！　全て塵《ちり》となるのだ！　全て、全てだっ！」

ゲンフルは哄笑《こうしょう》した。願いまで、あと少しだった。

自分を打ち倒せる者はいない。

あの隕石を止められる者など、いるはずがない。

その征服感《せいふくかん》に、彼は酔いしれた。

城に轟《とどろ》く彼の笑い声が、この国の絶望を象徴していた。

◇

「目標、着弾により破砕《はさい》！　六十三個体に分解しました！」

「撃ち落とせたのか!?」

「そ、それが、約四十パーセントが直近の海上に破壊力を持ったまま落下します！　また、かなりの数が本艦及び陸地へ直撃する可能性があります！」

「くっ、第二波の迎撃は!?」

燕木が即座に砲雷長に言った。だが、彼自身、既に手はないことを理解していた。

「だ、ダメです！　間に合いません！」

隕石は、SM3を放つには近過ぎる距離にまで迫っている。こうした、大気圏外《たいきけんがい》からの飛来物への攻撃を迎撃するのは、どうやってもワンチャンスしかないのだ。

レーダーには、蜘蛛《くも》の子を散らすように飛散する小隕石群が表示されていた。

「人事は尽くしたか……！」

燕木は、全てを消し去ろうとしている隕石群を睨《にら》んだ。

そして、直感的にこの攻撃を行った人物の意図を知った。あの敵の将軍のように戦いによって雌雄《しゆう》を決するという〝美学〟が、この隕石の攻撃にはない。

つまり、これは異なった意思によるもの。またそれは、この国を滅ぼすことだけが目的ではなく——

彼は極限の緊張の中で、思考を中断させた。そのようなことを考えている場合ではない。

「隕石群、十五分後に本艦上空に到達します！」

「総員、衝撃に備えろ！」

灰色のヘルメットの顎紐《あごひも》を締め、隊員達は隕石落下の衝撃に備えた。

だがそんなものは、隕石の直撃を受ければ無意味である。

全てを運に任せるしかない無力感が、全員を支配していた。

◇

「隕石に迎撃ミサイルをぶち当てたのか⁉」

久世はイージス艦のミサイル発射と、その後の雷光のような光の明滅で、それを知った。

一瞬、希望が見えたように思ったが、巨大な隕石に対して、単艦で発射できるミサイルの数では足りなかったようだ。砕けた隕石の破片が、こちらへ向かって落下していることは、先程、加藤から聞かされていた。

「……イージス艦でも無理なのか！」

久世は悔しさのあまり叫《さけ》んでいた。

遠くから怒声《どせい》が上がった。

見ると、中庭の真ん中辺りに兵士達が集まっている。

「お、おのれ魔物め⁉」

「どこから湧《わ》いて出た⁉」

マリースア兵達が、奇妙な黒い物体への攻撃を試みていた。

敵将の遺体のそばにいた、ローブ姿の不気味《ぶきみ》な男から発生した、黒い霧状《きりじょう》の何か。

それは蠢《うごめ》き、次第に巨大になっていく、およそまともな生命体とは思えない。敢《あ》えて言うなら――闇。

久世はその怪物を睨《にら》んだ。

一体、あれは何だ。

落下する隕石と何か関係があるのだろうか。

その怪異に、五十人ほどのマリースア兵士が、一斉に斬りかかった。

だが、近づく前に、全員が跳《は》ね返された。

マリースア兵の隊長が驚愕《きょうがく》する。

「こ、これは障壁魔法っ⁉」

その瞬間だった。

マリースア兵達に、怪物からまるでウニの棘《とげ》のような黒い触手が伸びた。ある者はそれに心臓を貫かれ、またある者は首を絞《し》め上げられて絶命する。

その光景を見た久世は怒鳴《どな》った。

「目標を敵性と判断。射撃開始！」

あの怪物を止めなければ、避難民に危害が及ぶと判断したからだ。

久世の命令に、全滅したマリースア兵に代わり、自衛隊員達が後方から89式小銃で射撃を加えた。

しかし銃弾は、霧状の黒い怪物の身体を貫通するだけで、傷を与えているようには見えない。

攻撃は手詰まりとなった。

久世は、攻撃の一時中止を部下に命令する。

あんな人智を超えた存在に対しての攻撃を、自衛隊は想定していない。

「クゼ殿……」

いつからそこにいたのか、カルダがそっと肩に手を添えた。

「もう行かないと、間に合わん」

久世には、彼女が優しげに笑ったように見えた。

「カルダさん……？」

「あの、空を飛ぶ鉄の乗り物。あれで逃げれば助かるかもしれない」

だが、彼女はどこか寂《さび》しげだった。

一体何を意図しているのか。久世は一瞬困惑するが、すぐに気づいた。

彼女は、久世を救おうとしているのだ。

でも、なぜそこまでする？

彼は、彼女の好意の理由が分からなかった。

「ありがとう。……でももう、いいのだ」

どこか諦観《ていかん》を感じさせる表情を、カルダは顔に浮かべる。戦士として、最大の敬意を払って、彼女なりに自分への恩返しをしてくれているのだ。

久世は胸が詰まった。

「こんな結末じゃあ……そんなの意味がないですよ」

彼は、彼女の顔を正視できなかった。

ここで自分がヘリに乗って脱出する。

それは、今まで全力で守ってきた避難民を見捨てるということだ。

隕石落下による破壊から、自分達だけ逃げるということだ。

自分がやってきたこと全てが無駄になる。

やはり自分は勇者なんかじゃない。結局、誰も守れなかったじゃないか。

悔しさのあまり、自分を殴り倒してやりたい衝動に駆られる。

――と、その時だった。

「お取り込み中のところすまないんだけどさ、次の作戦を立てよっか。時間もないことだし」


白い海上自衛隊の制服を着た男が唐突に言った。

感傷的になっていた久世とカルダは、その脳天気な発言に唖然《あぜん》とした。

だが彼には、動揺も、絶望も、一切認められない。

久世は、その男――加藤二等海佐の顔を見つめる。

加藤が、眼鏡《めがね》の奥で笑った。

「まだゲームオーバーじゃないんだ。ボス戦のタイムリミットイベントなんて、最近のゲームじゃ珍しくもないでしょ？」

「加藤二佐……」

「諦めるんじゃない。指揮官《しきかん》だろう？」

加藤はウインクして見せた。

久世も、失意の中から、微《かす》かに希望が湧《わ》いてきたような気がした。

変人だ、この人は。

まだ戦う気でいる。

まだ諦めないでいる。

だからこそ、頼れると思った。

久世は、力強く頷《うなず》く。

加藤もまた、彼に頷《うなず》き返した。

「まずは状況整理だ。カルダさん」

「何だ？」

加藤は赤い空と、地上で蠢《うごめ》く黒い怪物を見やった。

「カルダさん、ハッキリ言って、あれさ、何だと思う……？」

「う……む、確証はないのだが」

カルダは唸《うな》った。

「隕石は、あの怪物が使った〝流星落とし〟によるものだと思う」

「え!?　〝流星落とし〟？」

「そうだ。それなんだが……」

カルダは自分の知っていることを説明し始めた。

〝流星落とし〟は、その実在を指摘した研究者によると、一種の使い捨て兵器に近いものだった可能性があるという。

御伽話《おとぎばなし》でも、神話でも、使った者についての記述が極めて少ない上に、その記述にしても生け贄《にえ》を匂《にお》わせるような描写が散見される。つまり、〝流星落とし〟を使う者は、攻撃対象と共に何らかの形で滅びるのだ。

なお、これらのことは曖昧《あいまい》にしか書かれていない。どうも、このことを伝える者達には真実を隠そうとする意図があるようだ。

また〝流星の目〟という制御器についても、一つのものが何度も使われているような描写は見られない。形状も〝宇宙〟を内在した水晶ということを除けば共通点がなく、水晶そのものであったり、水晶を埋め込んだ杖《つえ》であったり、中には指輪だったりする。

その研究者は、〝流星落とし〟の制御器について、制御というよりは、使った人間の命を燃やして流星を引きつける、ある種の引力装置であるという仮説を立てていた。

久世は説明を聞き、ふと脳裏に過《よぎ》ったことを口にする。

「つまり、あの黒い怪物が持っている制御器をなんとかすればいいのでしょうか？」

引力装置を破壊すれば、隕石を回避できるかもしれないと考えたのだ。

カルダも半信半疑な様子だったが、「おそらく」と頷《うなず》く。

「しかし、制御した者についての記述が少ない理由が分かったな……使ったら最後、あんな姿になるなど、死ぬよりも苦しかろう」

真実を曖昧《あいまい》にしていたのは、この秘術を使う人材を減らさないため。つまり、古代文明の指導者達による非道な情報統制だったのだ。

「さて、こんな状況だ。単刀直入に言おう。〝いぶき〟には、タクティカル・トマホークが搭載《とうさい》されてる」

加藤は焦《あせ》ったように言う。

久世が、そのどこかで聞いた単語を思い出そうとした。

「トマホーク、と言うと巡航ミサイルってやつですか？　え……ですが、あれは戦略兵器に該当《がいとう》しかねないから、自衛隊では配備していないのでは？」

加藤は神妙な顔で首肯《しゅこう》する。

トマホーク巡航ミサイル。最新型の有効射程距離は、三千キロにもなると推測されている長射程の対地・対艦用のミサイルである。湾岸戦争で一躍《いちやく》有名となり、ピンポイント攻撃の代名詞として、ハイテク戦争の象徴にもなった兵器である。

一方で、専守防衛を鉄則とする自衛隊では、その特徴から外国を攻撃するための兵器であるとして、配備が許されていなかった。

「だが時代が変わった。いや、変わりそうになっているから、先んじて海自で試験導入を行うことになった。某国《ぼうこく》の新型弾道ミサイルが、国民を飢え死にさせながらも実戦配備されて、日本に向けられようとしている。一発目を防げても、二発、三発と撃ち込まれれば、いくらイージス艦の迎撃ミサイルや地上配備のＰＡＣ３が頑張ったところで、やがては防ぎきれなくなる。だから……」

「その大本である敵のミサイル発射基地をピンポイントで破壊するのは、専守防衛の枠内に収まる行為、ということですか」

久世の解釈に、加藤が皮肉っぽく笑った。

「ああ。今回のＰＫＦ派遣にわざわざ〝いぶき〟が加わったのはそのためさ。派遣先のアフリカで新型トマホークの実弾演習をやる予定だった。マスコミがいない上に、複雑な地形条件が揃《そろ》い、なおかつ最大射程での発射が可能。アメリカ軍との共同演習もできる。これ以上ない好条件だったからね」

「それは、陸自が新型兵器の多くを持っていく理由でもありましたね、確か」

「そうだ。それの海自側の事情さ」

「……それって、公表されていませんよね？　トマホークなんて、同じ自衛隊の僕でさえ知らなかった」

「政治的判断で一部の者しか知らないんだ。マスコミにはもちろん非公開。変人の僕や飛ばされてきた蕪木司令みたいな人達が今回の派遣を任されたのは、万が一何かまずい状況になったときに、上層部が僕達に責任をおっ被せて知らんぷりを決め込むためさ」

久世は呆《あき》れた。

「酷いですね……」

「いいや、そのおかげで、もしかしたら助かるかもしんないよ？」

「話を、聞きましょう」

「君が話の分かる人で良かったよ」

加藤は、いつの間にか周囲の人々に期待を込めた目で見られていることに気づいた。

自衛隊も、こちらの世界の人間も、区別はなかった。皆、生きる希望を求めて、こちらを見ている。

「何を作戦の成功とするかを、まず言おう。あの黒い怪物を炎上させるんだ」

「炎上？」

皆が鸚鵡《おうむ》返しに呟《つぶや》き、首を傾《かし》げた。

「そう、炎上だ。大量の赤外線……ええっと、強い熱が必要なんだ。確実に怪物を倒せるだけの威力《いりょく》がある武器を撃ち込むために」

「その武器が、トマホークってわけですか？」

「そうさ。本来、トマホークは人工衛星からの誘導で目標へ着弾するけど、今回〝いぶき〟が搭載《とうさい》しているタクティカル・トマホークのうち数発は改良型でね。最終誘導方式が赤外線探知なんだ」

自衛官達は、それが某国の核ミサイル発射基地の熱源を探知し、確実に命中させるためのものだと理解した。核ミサイル発射に、移動式発射システムが使われた場合、座標指定では撃ち損じる危険があるからだ。

カルダ達も、あの竜や帝国兵を撃滅《げきめつ》した武器を怪物へ撃ち込む話なのだろうと、漠然とだが理解していた。

「だから、作戦はどうやって怪物を燃やせるかにかかっている」

加藤の言葉に、皆が難しい表情をした。

それには理由があった。

矢や銃弾は通るものの、怪物は実体のない霧状になっているため効果が薄かった。かといって剣や槍《やり》で接近戦を挑《いど》もうにも、強力な障壁魔法を使っているらしく、人間の接近そのものを受け付けない。

どうやら、障壁魔法は「意思」に反応するらしい。矢や銃弾といった、攻撃する者の手から離れた攻撃に関して反応しないのはそのためだ。

その範囲は広く、手榴弾《しゅりゅうだん》を投げようにも、それが届く距離に辿《たど》り着くまでに反応されてしまうだろう。しかも、自動的に発動するらしく、怪物の意識を他に逸《そ》らしても障壁魔法が無効になるわけではない。

そのような障壁魔法を破り、怪物を燃やして、ミサイルを直撃させるには、どうすればいいのだろうか。

そう悩んでいた時だった。

「私達も、お手伝いいたしますわ」

横から、澄《す》んだ声がした。

「リュミさん？」

声がした方向には、十名の武装した神官戦士の少女がいた。

そこには、リュミの姿もある。

「戦いに、往《ゆ》かれるのでしょう？」

彼女は決意に満ちた表情で尋《たず》ねた。そして、久世達が返事をする前に続ける。

「対象が弱れば障壁魔法はなくなるはずです。見たところ、あの怪物はアンデッド系に見えます。神聖魔法が効果的かもしれません。私達、光母教神官戦士団も見習いばかりですが参戦します」

これまでの自衛隊員達の奮戦を見た彼女達は、共に戦う決意をしたのだ。

その様子を見ていたカルダが、ハッとした顔をする。

「提案がある」

加藤が、彼女を見て頷《うなず》いた。

「どうぞ」

「こういう作戦はどうだ？　まず、我々の主力が全力で攻撃を行い、怪物の気を逸《そ》らす」

カルダは、リュミ達、神官戦士に視線を移した。

「そこへ、すかさず彼女らの神聖魔法をぶつけ、怪物を弱らせる。奴が障壁魔法を使えなくなったところに、貴公らが近づいてあの竜を倒した……えー」

「84㎜無反動砲ですか？」

「そう、それで打撃を与え、大きな隙《すき》を作る。そして私が側面に回り込み、これを使う」

カルダは、そばに置いていた剣を持ち上げた。

禍々《まがまが》しくも美しい、宝玉が埋め込まれた剣である。

「それは？」

「先程、怪物が放り投げたのを部下に回収させた。これは魔剣バルムンク。敵将のリヒャルダが持っていたものだ。剣そのものに凶悪なまでの魔力が備わっている類稀《たぐいまれ》な剣だ」

「どうすれば、剣であの怪物を燃やせるんです？」

加藤は怪訝《けげん》な表情だった。

そんな彼の問いに、カルダは不敵に笑う。

「私も多少は魔法剣が扱える。この剣の魔力を使い、火焔《かえん》魔法を怪物にぶつけてやる。そうすれば――」

おお、と一同が声を漏らした。

「奴は大炎上！　その赤外線を頼りにトマホークが突っ込むってことか！」

久世がそう叫《さけ》ぶ一方、加藤は眉間《みけん》にしわを寄せていた。

「カルダさん、ちょっといい？」

「何か問題でも？」

「そういうわけじゃないんだけどさ。火焔《かえん》魔法って、火球を敵に飛ばすもの？」

「ああ、その通りだ」

「じゃあさ、それって術者の手を離れるんだから、障壁魔法を突破できないのかな？　そうしたら、僕らのリスクも最小限に抑えられると思うんだけど」

　カルダは首を振る。

「魔法は、使い手の意思を現実世界に反映させたものだ。手を離れたとしても、意思が具現化したものである以上、あの障壁魔法は突破できないだろう」

「なるほどね。じゃあ、神聖魔法に火焔《かえん》系のものはないの？　弱らせるのと同時に攻撃できれば、話が早いんじゃない？」

　それに答えたのはリュミだった。

「残念ですが、神聖魔法は神の力を借りるもの。そのような魔法はありません。私も、カルダ様の作戦がいいと思います」

「そうか……そういうことなら、確かにカルダさんの作戦しかないみたいだね……」

　加藤はそう呟《つぶや》く。ふと、魔法の存在を大真面目《おおまじめ》に信じ、それを元に作戦を立てている自分に違和感を覚えたが、それは気にしないことにした。

「あとは出たとこ勝負。やってみるしかないな」

　加藤は自分を奮い立たせるように言った。

「神は諦めない者を見捨てません。きっと、ご加護がありますわ」

　リュミが柔和《にゅうわ》な笑みを浮かべた。

「ならば、行こう。たとえうまくいく確証はなくても、やるだけのことをやりたい」

カルダは真剣な表情で、皆を見渡した。

久世と目が合う。

「カルダさん、一人じゃ危ない。援護がいるでしょう。僕が同行します」

「これは我が国の問題だ。関係のない貴公らは……」

「いいえ、関係なくないですよ。それに今は、作戦が失敗すれば仲良くあの世行きの間柄じゃないですか」

カルダは一瞬、予想外の表現に目を丸くした。

久世が小さく笑う。

彼女もつられて微笑《ほほえ》んだ。

そして、少し意外に思った。

そういえば、最後にこんな素直に笑ったのは、いつだっただろうか。

もしかしたら……あの人を亡《な》くして以来、なかったかもしれない。

カルダは、目の前の久世を見つめた。そして、決意する。

もう、誰も死なせないと。

「では、任せよう。頼むぞ、異界の騎士よ」

◇

ゲンフルは、あがき続ける矮小《わいしょう》な人間達を見て、優越感に浸《ひた》った。

もはや運命は変わらない。

絶望に泣き叫《さけ》ぶ連中が見たかったが、最後まで無駄なことをする連中も、なかなか惨《みじ》めで悪くない。

障壁魔法がマリースア兵の剣戟《けんげき》を弾き、入れ替わるように飛んできた異世界人の武器が自らの身体を通り過ぎていく感覚があった。

異世界の連中も必死なのだ。

そう思うと、リヒャルダでさえ呆気《あっけ》なく敗れた彼らを、自分が追い詰めていることに恍《こう》惚《こつ》とする。

何と甘美《かんび》な一時《ひととき》なのだろうと笑い続けた。


『マリースア軍の近接武器、効果なし！』

『銃弾は貫通していますが、目標への損害は認められません！』

『怯《ひる》むな！　巫女《みこ》さん達が行くぞ！　援護射撃ぃ！』

通信機で報告を耳にしながら、久世は84㎜無反動砲を担《かつ》ぎ、中庭の隅にある花壇《かだん》の脇を第4匍匐《ほふく》で前進していた。第4匍匐《ほふく》は身体の大半を地面につけて前進する匍匐《ほふく》である。これだけ身を低くすれば、怪物からは死角になって見えないはずだ。

後ろには、見よう見まねの匍匐《ほふく》前進でついてくるカルダがいた。

「はぁはぁ……地べたを這《は》いずるのが随分《ずいぶん》と上手なのだな……」

魔剣以外の装備は外しているものの、彼女にとって慣れない匍匐《ほふく》前進は苦行のようだ。

久世は苦笑した。

「これが仕事だってくらい訓練しましたからね」

「地べたを這《は》いずるのが仕事の騎士か……」

皮肉を言う割に、カルダは愉快《ゆかい》そうだった。

二人とも泥《どろ》だらけで、酷い有様《ありさま》である。

決戦だというのに、こんな地味な戦いをしているのがおかしいらしい。

「戦士達の冥界《めいかい》へ逝《い》っても、この話をすれば話のネタには困らないな」

「あの世じゃなくて、酒の席でネタに困らないようにしましょう」

「違いない」

ほどなくして、二人は怪物のすぐ横に辿《たど》り着いた。

気づかれていない。幸先《さいさき》がいいと久世は思った。

「リュミが障壁を破ったら、クゼ殿はそれを撃ち込み、その隙《すき》に私が突入する」

カルダの言葉に、久世は頷《うなず》いた。

84㎜無反動砲を伏せ撃ちの姿勢で構える。照準機を覗《のぞ》き、怪物に狙いを付けた。


リュミ達が、自衛隊の援護射撃を受けながら前進している。

そこには、世界の区別などない。生きることを諦めない者達の戦場があるだけだった。

決然とした表情で前を見据《みす》えたリュミ達は、手を合わせ、一斉に呪文の詠唱《えいしょう》を始めた。

「光は闇を打ち破る唯一の奇跡なり！　闇なるものに光の浄化《じょうか》を示したまえっ！　光よ在れ！　光よ差せ！」

そして、手から光が溢《あふ》れ出す。

自身が一つの太陽となり、浄化の光を発することで闇を祓《はら》う魔法なのだ。

ゲンフルが纏《まと》う闇を溶かすべく、一歩、また一歩と足を踏み出す。

障壁魔法の反発に、なんとか堪《こら》える。

「あの人達は、必ず守るという約束を果たしました。今度は私達が約束を果たす番です！」

リュミ達は詠唱《えいしょう》に、より力を込める。顔には苦悶《くもん》さえ浮かべ、必死に。

そして、急に反発が消えた。彼女達の呪文により、障壁魔法が消えたのだ。

だが、僅《わず》か十人ほどの神官戦士の放つ浄化の光では、闇そのものに成り果てた存在を完全に祓《はら》うことはできない。

怪物は実体化させた触手を伸ばし、彼女らに襲いかかった。

「あうっ⁉」

リュミは、身体に絡みついた黒い触手に顔を歪《ゆが》めた。

ぎりぎりと締め上げられ、小柄な彼女の身体は地面から浮き上がった。

「はははははは！　泣け！　喚《わめ》けぇ！　絶望に染まるのだ！」

その哄笑《こうしょう》はもはや人間のものではなくなっていた。

リュミを弄《もてあそ》ぶかのように締めつけ、彼女が苦しむのを楽しんでいるようだった。

だが――

「……ふふ！」

苦痛の中、リュミは笑った。


「むう……？」

ゲンフルが違和感に気づいた時には、もう遅かった。

側面にある花壇《かだん》の中。

草木に溶け込むような服をその身に纏《まと》った男が叫《さけ》ぶ。

「目標正面、照準よし！　発射ぁっ！」

炎が迸《ほとばし》った。

超高速で突入してきた何かが、ゲンフルの実体なき身体の中で炸裂《さくれつ》し、炎と土煙を巻き上げて飛び散った。

「がぁあぁあぁあぁ⁉」

ゲンフルは、身体がバラバラになるような衝撃に襲われた。

「おのれっ⁉　おのれぇえぇえぇ⁉」

集中力が乱れ、実体化させた触手が霧に戻った。それにより、締め上げていた少女達が地面に落ち、悲鳴を上げる。

油断していた。

だがゲンフルは、それが致命的なものとまでは思っていなかった。慢心《まんしん》があったのだ。体勢を立て直す前に、土煙の中から、一つの影が飛び出した。

女だった。

「おおおおおおおお！」

女は巻き上がる煙をかき分け、ゲンフルの眼前に立った。

魔剣バルムンクを携《たずさ》えて。

ゲンフルは怪訝《けげん》に思う。

――確か、持ち主のリヒャルダは無様《ぶざま》に死んだはずだ……

「剣よ吠《ほ》えろっ！　全てを滅す炎を宿せ！」

炎が、躍《おど》る。

そして、次の瞬間、ゲンフルの身体が燃えた。

その女が、魔剣を用いて炎を放っているのだ。

「ぎゃあぁあぁあぁアアアア⁉」

女は剣の魔力を使い尽くすように、火焔《かえん》を次々と彼に向けて飛ばす。

炎が、ゲンフルの全身を包む。

錯乱《さくらん》した彼には、もう目の前の相手が誰なのかさえ分からない。

「許さん！　許さンゾ……リ、ヒ、ャ、ル、ダァアアアアアアア！」


「くっ！」

その女――カルダが、魔剣を手放して退避を始めるのと同時に、戦況を見守っていた加藤が無線機に叫《さけ》んだ。

「熱源を確保した！　トマホーク発射を要請《ようせい》する！」

『了解！　着弾地点より退避してください！』

〝いぶき〟への通信を終えた加藤は、間髪《かんはつ》を容《い》れずにミサイルが飛翔《ひしょう》するのを見た。

ロケットブースターの猛烈《もうれつ》な炎が天高く舞い上がる。

煌《きら》びやかでさえあるブースターの燃焼が終わると、打ち上げられた三発のトマホークはブースター部分を切り離し、安定翼を展開して巡航態勢に入った。

タクティカル・トマホークの本来の射程距離は三千キロ。だが、今回の目標までの距離は恐ろしく短い。数分もせずに到達するはずだ。

「久世三尉！　ミサイルが発射された！　早くその場を離れろ！　巻き込まれるぞ‼」

加藤が無線に緊迫した声で呼びかける。だが、返ってきた久世の声はそれよりも切迫していた。

『カルダさんが、まだ怪物の近くに取り残されてる‼』

◇

（不覚を取った……！）

カルダが逃げようとした時、怪物の触手が伸び、彼女の足に絡みついた。

彼女を、自らの体内に引きずり込もうとするように。

カルダは歯を食いしばると、花壇《かだん》の縁《ふち》にしがみついて耐えていた。

もうすぐ、あの異世界の船から全てを滅する鉄槌《てっつい》が降り注ぐ。このままでは、自分も巻き添えを喰《く》らってあの世行きだ。

だが、触手の力は強く、自力では逃げられそうにない。

「逃がさぬ……逃がさぬぞ、リヒャルダアァ！　貴様も俺と一緒に地獄へ堕《お》ちるのだぁ！」

何本もの触手が怪物本体から伸び、彼女の全身に絡みついた。

カルダは地面に爪《つめ》を食い込ませて抵抗するが、もう耐えられそうにない。

ここまでか、と彼女に諦めの感情が芽生《めば》えた。

――と、その時、足の方から爆音がした。

カルダが目をやると、触手の何本かが爆風で千切《ちぎ》れていた。彼女を引きずる力が弱まる。

まさか、と思った。

「カルダさん！」

久世だった。

彼は弾切れになった無反動砲を捨て、手榴弾《しゅりゅうだん》を投擲《とうてき》しながら走ってくる。

「救助に来ました！」

そう言って、腰から89式小銃に装着するナイフ――銃剣を抜き、執拗《しつよう》に彼女に絡まる触手へと斬りつけた。

「クソっ！　剥《は》がれろ、このっ！」

必死に彼女の足から触手を切り離そうとするが、触手は思いのほか強靭《きょうじん》で、上手くいかない。

カルダが叫《さけ》んだ。

「やめろクゼ殿！　私はもう置いていけ！　このままでは貴公まで死ぬぞ‼」

「すいませんね。あなたはそれで良くても、こっちはそれじゃダメなんですよ！」

「それは皆分かってくれるはずだ！　マリースアの同胞《どうほう》は……」

「あなたみたいな美人を見捨てて、自分だけおめおめ生きて帰ったなんて……それじゃあどうにも救いがない」

言葉の意味が分からず呆然《ぼうぜん》とするカルダに、久世は苦笑した。

もうこれ以上、納得のいかない死を見たくなかった。

今後、日々安眠できる人生を送るためにも、彼女は見捨てられない。

軍人の冷静な判断や、仕方がない状況、そんなものは関係なかった。

「お、お願いだ、クゼ殿！　私に後悔をさせないでくれ！　あなたに……」

カルダは、久世が自分を必死になって救おうとしていることに戸惑《とまど》う。

「あなたに死んで欲しくない！」

自分でも、何を言っているのだと思った。

だが、彼女には、ただその一心しかなかった。

このままでは、二度失う。

あの人を、また失ってしまう。

その恐怖だけがあった。

「僕だって、あなたに死んで欲しくないんですってば！」

久世が怒鳴《どな》った。

カルダは、何も言い返せなかった。

これまで騎士として、他人を救う側、守る側にいた自分が、救われる側に立つなんて考えたこともなかったから。

そして、それを言ったのが、異世界の……どこかあの人に似ている青年だから。

「僕はどうも、あの将軍が言ってたみたいに偽善者らしい。あなたのような美人を置いて自分だけ生き残るのは、我慢《がまん》がならない」

「こ、こんな時にそんな冗談《じょうだん》を……」

「冗談《じょうだん》で命は張りません、よっと！」

久世は渾身《こんしん》の力を込めて銃剣を振り下ろす。

ぶつり、と鈍《にぶ》い音を立てて、ようやくカルダに絡む全ての触手が切れた。

「早く！」

彼女は、差し伸べられた手を反射的に握っていた。

力強く助け起こされ、一緒に駆け出す。

彼女はこの極限状況の中で、微《かす》かな懐かしさを感じていた。

結婚式の日取りが決まった十七の夏。

あの人と実家を抜け出して、一時の自由を楽しんだことがある。

政略結婚という束縛《そくばく》を前に、他でもないその相手と残り僅《わず》かな自由を謳歌《おうか》した記憶《きおく》。

まだ、恐れなど知らない少年と少女だった二人……

彼女は今、自分があの時代から一歩も前へ踏み出せていないことに気づいた。

共に歩んで行こうと決めたあの人を亡《な》くしてから、何一つ前へ進めていない自分。喪服《もふく》のような軍服を纏《まと》い、新しい人生をいつまでも歩み出そうとしてこなかった。心のどこかで、戦場での死さえ望んでいた。

そうだ。

自分は、きっとこうして欲しかったのだ。

こうして、あの人に手を引いてもらい、一緒に走って欲しかったのだ。

クゼは、自らのことを偽善者だと言った。

それを言うなら、あの人もそうだった。

そして、何より自分がそうだった。

戦場へ行く彼に、武運を祈るなどと言わなければ良かった。

自分は自由を望んでいながら、貴族の矜持《きょうじ》を捨てきれなかった。だから、彼に騎士であることを望んでしまった。生きていて欲しいと望みながら……

あの時。

戦地へ行く前。
どうして私はすがりつかなかった？
自分は卑怯《ひきょう》だった。
生きていてくれるだけで良かった？
なら、何で私は武運を祈るなどと澄まし顔で言った？
クゼのかつての恋人は、強い女だ。
本当に帰ってきて欲しいなら。
愛している人に生きていて欲しいと願うのなら。
最初に言わなければならなかったのだ。
行かないで欲しい、と。
「くそ……間に合うか⁉」
「すまない……」
「いいんですよ！　気にしなくて！」
彼女の謝罪は、彼だけに向けたものではなかった。
そうだ、そうなんだ。
カルダは悟った。
自分がこんな喪服《もふく》のような軍服を着続けている本当の理由。

それは、自分があの人を殺したようなものだからだ。

貴族であることを捨てきれず、愛した人を死なせた愚《おろ》かな自分への罰《ばつ》なのだ。

自分は、クゼのような人間に救われる資格などない。

それでも、彼は自分を救おうとする。

そして、自分は救われたがっている。

度《ど》し難《がた》いと思った。

同時に叫《さけ》びたいほど嬉しかった。

偽善者だ、自分も。

——と。

「あっ⁉」

走る久世が、ガクンと体勢を崩し、その場に転倒した。

「クゼ殿⁉」

カルダが慌《あわ》てて助け起こそうとするが、うまくいかない。

「そんな……⁉」

見ると、あの触手が一本、彼の足を掴んでいた。それは怪物の執念《しゅうねん》だった。

「ハハアハハアアァー！　道連れだ、異世界の化け物よ、召喚されし軍勢よ、ルーントルーパーズよぉ！」

「畜生《ちくしょう》……っ！」

久世は半長靴《はんちょうか》で触手を蹴るが、固く絡みついたそれは全く離れようとしない。

カルダが彼の腰から銃剣を抜き、斬りかかろうとする。

だが、それより早く、無数の触手が二人を襲う。

「わあああああ⁉」

触手は、二人を呑《の》み込むように絡みつき、そして二人の全身を締め上げる。

「カルダさん、ああこんなバカなっ！」

久世は最後の最後で、こんな結末が待っていることに、憤《いきどお》りを感じた。

せめて、彼女だけでも救いたかった。

けれど、もうどうしようもない。

黒い触手に、全ての自由が奪われた。

「クゼ殿、ああ……クゼ殿っ‼」

カルダも悲痛な叫《さけ》び声を上げた。

焦燥感《しょうそうかん》と罪悪感が、彼女の心をかき乱す。

（これが罰《ばつ》だと言うの？　彼を死なせた罰《ばつ》？　神様！）

自分のせいで最愛の人を死に追いやり、今もまた、異世界からやってきた青年を死なせようとしている。

天罰《てんばつ》にしては、あまりにも残酷だ。

「お願いだから、彼だけは救ってよっ！」

カルダはそれまでの口調など忘れたように怒鳴《どな》った。

自分は地獄へ堕《お》ちる。戦士達の冥界《めいかい》には行けない。

だがそれでも、クゼに死んで欲しくなかった。

彼はきっと、これからも多くの人を救っていくだろう。

そして、誰か運のいい女を一人、生涯《しょうがい》をかけて幸せにしていくに違いない。

彼の死は、多くの人を不幸にしてしまう。

だから、私のためではなく、これから彼に出会う人達のために――

カルダがそう願った時だった。


『……ガガ……久世隊長ぉーっ！　……ガガ……』

無線が、がなった。

「八重樫三曹か⁉」

久世は雑音の中、誰かの声を聞いた。

――と、闇の中でまばゆい光が見えた。

「光よ、闇を照らせ。光よ、全てを満たせ！」

呪文が聞こえた。
まさかと思い、久世は闇の中からの脱出を試みる。
溶けるように触手が退《ひ》いていくのが分かった。
リュミだった。
リュミ達、神官戦士の全力を尽くした神聖魔法が、闇を退けているのだ。
これが、多分最後のチャンスだ。
久世は闇の中から、必死になってカルダを探した。
そして、再び彼女の手を掴み、引きずり出す。
強烈なスポットライトのような光の中へ、久世はカルダを抱きながら転がり出た。
「クゼ……さん……？」
「無事ですか？」
カルダは、彼の泥《どろ》だらけの顔を見つめた。
神聖魔法の光の中、彼女は彼に抱きしめられる感覚に、切なさを感じていた。
あの幸せだった最後の日に、あの人に抱きしめられた感覚が蘇《よみがえ》る。
だが、それも長くは続かなかった。
そうだ、まだ終わっていない。
生きなければいけない。

彼も、そして自分も。

「久世小隊長っ！　こっちだ！」

甲高《かんだか》いエンジン音と、猛烈《もうれつ》なダウンウォッシュが中庭に巻き起こっていた。

久世は一瞬それが何なのか、分からなかった。

これは⁉

輸送ヘリであるブラックホークが二機、飛んでいた。

地上部隊を残して離陸するしかなかったあのヘリだ。補給を終えて帰ってきたのだ。

仲間を救うために。

神聖魔法を詠唱《えいしょう》し続けるリュミ達は、一方のヘリに搭乗《とうじょう》し魔法の光をこちらへ放っていた。

もう一機は、急降下を仕掛けてくる。

『時間がありません！　横からかっさらいます！』

「八重樫ぃ！」

久世が叫《さけ》び、カルダと肩を貸しあって、前へ進む。

二人とも、満身創痍《まんしんそうい》だった。

サイドドアを全開にして、ブラックホークが迫ってくる。

八重樫達が空から怪物に向けて援護射撃を加える。

風がきつくなった。

ブラックホークが二人の前まで来て、ホバリングしているのだ。

「カルダさん、先に！」

久世は有無《うむ》を言わさず、カルダをブラックホークのキャビンへ押しやった。

そして、自分も乗り込もうとする。

だが……

「うっ⁉」

「ぬおおおォォォおおおー！　ルーントルーパぁーズぅううう！」

あれだけ痛めつけられてなお、怪物は触手を伸ばし、久世の足を捕らえたのだ。

「クゼ殿っ⁉」

カルダがヘリから飛び降りようとして、八重樫に止められる。

久世は必死になってヘリにしがみつくが、触手はヘリごと引き倒そうとしてくる。

しかし、次の瞬間、久世を掴んでいた触手が千切《ちぎ》れた。

久世はハッとした。

銃声は聞こえなかった。

いや、と思った時、遅れて銃声がやってきた。

超遠距離からの狙撃だ！

「おし、当たったっ！」

「やりぃ！」

尖塔《せんとう》にいる市之瀬とラロナが、互いの手を叩《たた》きあう。


ヘリに乗り込み、久世は笑った。

アホで生意気なクソガキだが、いい部下じゃないか。

パイロットが叫《さけ》んだ。

「上昇する！　掴まれ！」

「トマホーク、間もなく着弾！」

「来たぞぉ！」

ブラックホークが一気に高度を上げ、着弾地点から逃れる。

怪物が、異世界の乗り物を憎悪《ぞうお》と共に見上げていた。

「ヌオおオオおオオおお！　おのれルーントルーパぁーズぅ！　この世界へ紛《まぎ》れ込んだ異物めぇええええ！」

絶叫《ぜっきょう》する怪物を目前に、三発のタクティカル・トマホークが最終突入シークエンスに入った。

――攻撃目標の熱源を探知、直撃コース調整、ジャミングなし、システムオールグリーン。

〝いぶき〟のＣＩＣでは、ミサイルのカメラ映像が映し出されている。

デジタル映像が、燃えている怪物へと急速にズームアップする。いや、ズームアップではない、急速突入しているのだ。

着弾直前であることを表す電子アラームが鳴り響いた。

ピイイイー！

画面一杯に怪物が一瞬映ったかと思うと、すぐさま砂嵐の画面に切り替わった。

それが意味すること。

「目標命中撃破《ターゲット・スプラッシュ》！」

射撃管制員が、報告の声を上げた。

◇　　◇

「ぎゃあああああ‼」

ゲンフルは、全てが消し飛ぶ爆発と凄《すさ》まじい炎を喰《く》らい、のたうち回っていた。

そして水晶が、熱により融解《ゆうかい》していく。

水晶という制御器を失った流星は、狙った軌道《きどう》を外れるだろう。

彼の命を賭《と》しての願いが潰《つい》えてしまった。

「なぜだっ⁉　なぜなんだぁーっ⁉」

どのような攻撃を受けたのかは分からなかったが、誰によるものなのかは確信があった。

彼は、今まさに滅しようとしている中、怒りと憎しみを込めて叫《さけ》んだ。

「はは……はははははは！　異世界人、これだけでは終わらんぞ！　お前たちの存在はこの世界にあってはならぬのだ！　世界はお前達の存在を許さぬ！　世界がお前達を消そうとする！　それは運命なのだ！」

◇

イージス護衛艦〝いぶき〟のＣＩＣでは、電測員が突然の変化に驚きの声を上げていた。

「小隕石群、多数が落下軌道《きどう》を変化させていきます！」

「何っ⁉」

蕪木は、レーダースクリーンに目を向けた。

一直線にここを目指して落下軌道《きどう》を描いていた小隕石の多くが、軌道を変えた。落下地点もバラバラだろう。

「重心や空気抵抗の変化で軌道《きどう》が逸《そ》れたんだ！」

砲雷長が微《かす》かに見えた希望に歓喜する。

今や、隕石のほとんどが遠くの海に向かって落下しようとしている。しかも、その多くが大気圏突入による摩擦《まさつ》熱《ねつ》で減耗《げんもう》し、消滅している状態だ。

だが、蕪木は緊張を解かなかった。

再び電測員が叫《さけ》ぶ。

「ま、まだ、大気圏を突破し、こちらに落ちてくるものがあります！」

小隕石でも、破壊力は数メガトンはある。直撃すれば助からないだろう。

しかし、これ以上はもう運の世界だった。

ただ、蕪木には当たらない予感が、なぜかあった。

そして、それは正しかった。

◇

ヘリの上で、カルダはこの世の終わりを見ているような気持ちになった。

竜に焼かれ、燃える王都セイロード。幸いにもごく僅《わず》かだったとは言え、隕石の欠片《かけら》も街に直撃した。

「……この地獄を乗り越えたところで、私たちには何もない」

思わず、呟《つぶや》く。

弱音だった。

本来なら、騎士である自分が口にしてはいけない類《たぐい》のものかもしれない。

だが、それでも言ったのは、受け止めてくれる人がいるからだ。

「ありますよ、きっと」

遠い異世界からやってきた青年は、淀《よど》みなく答えた。

「いったい、何が？」

久世は少し考え、そして苦笑しながら言った。

「未来、かな……」

「この状態から、復興《ふっこう》ができると？」

「できますよ。僕の国が、そうだった」

「私の国は、クゼ殿の国のような力はない。貿易の要《かなめ》であるセイロードがこんな有様《ありさま》になれば、あとは農業と少しばかり良質なアルゲンタビスを産する程度だ……」

　カルダは自嘲《じちょう》気味に言った。

「七十年前のことですが、農業しかなかったうちの国も、焼け野原の状態から僅《わず》かな時間で立ち直りましたよ」

「え？」

　カルダは意外に思った。

　これだけの力を持ったクゼ達の国が、そんなところだとは思わなかったからだ。

「壊れたものは直せばいい。必要なのは、亡《な》くなった人達の分まで良く生きることなんじゃないでしょうか？　ああ、これ、太平洋戦争に行った僕の曾祖父《そうそふ》の遺書に書いてあった言葉なんですけどね……」

　カルダは目を細めた。

「良く、生きるか……」

「ええ、死んだ人は、戻らない。戻らない者のためにできることは、きっと泣くことだけじゃないんです」

「そう……かもしれないな……」

　カルダは、久世の肩にそっと顔を寄せた。

　温かい、と思った。

そして、この温かさに甘えたいと思った。

おそらく、この機会を逃せば、もう二度とそれは叶《かな》わない。

「クゼ殿」

「はい？」

「少し、疲れた……しばし、この乗り物が目的地に着くまでの間、寝かせてもらっていいだろうか？」

「構いませんよ。あ……」

彼女は彼にそっと寄り添った。

恋人、いや、夫婦のように。

叶《かな》わなかった、彼女の幸せ。

それを、ささやかでもいいから叶《かな》えたくて、彼女は久世の迷彩柄の革手袋の上に手を重ねた。

他の者は、見ないフリをしている。

カルダにもそれは分かった。しかし、自分の国の人間はいないので、とりあえず良しとした。

冷やかしの一言でもあるかと思ったが、久世が上官なだけあってそのようなことはないようだ。

久世は、彼女の長髪から漂う、甘やかな香りに、少しばかりの落ち着かなさと、大きな安堵《あんど》を感じた。

それは、戦争という狂気の世界で自分が守った、かけがえのない一人の命に違いなかった。

彼の首筋にそっと頬《ほお》を寄せた彼女は、髪で顔を隠し静かに涙を流していた。

「ありがとう……私も、もう一度生きていこうと思う……」

久世は彼女の肩を、そっと抱き寄せた。

ヘリのエンジン音と、街が焼け落ちていく音と共に、彼女のすすり泣く声が微《かす》かに聞こえる。

酷いＢＧＭだった。

しかしそれは、歪だけれど美しい、生きる者達への賛歌でもあった。

未来は終わらない。人は生きていく。

たとえ、異世界であっても、それは変わらない。

終章　平和の風

「お招きいただき、ありがとうございます。ハミエーア陛下」

海上自衛隊の純白の制服に身を包んだ蕪木が、玉座の前で敬礼した。

百人を超える女官や文官達が恭《うやうや》しく頭《こうべ》を垂《た》れ、儀仗隊《ぎじょうたい》が、異世界からやってきた軍隊の将軍に対して、高らかに栄誉礼《えいよれい》を捧《ささ》げる。華やかな鐘《かね》の音が城に響いていた。

蕪木は、目の前にいる女王があまりに幼いことに少し戸惑《とまど》っていた。そんな彼に、ハミエーアは笑いかける。

「なあに、逆に申し訳ないと思っておるわ。こんな簡素な式しかやれぬでの」

蕪木の隣にいた加藤が苦笑する。

これで簡素なら、盛大に行ったらどういう光景になるのだろうか。

出席した十人ほどの海自と陸自の幕僚は、女王の言葉に目を丸くした。

「戦後ですからね。仕方ありませんよ」

加藤がそう言うと、ハミエーアはやや表情を曇《くも》らせた。

王都守備隊の壊滅、小隕石落下の爪痕《つめあと》。この国にはまだまだ苦難が続くことだろう。

「そうじゃの……じゃが、生き残った者がいつまでも沈んでいたのでは誰も浮かばれぬ。ささやかじゃが、今日は晴れやかな気持ちで、生きていられる今を祝おうぞ」

「そうですな」

蕪木達自衛隊幹部は、〝戦勝式典〟の賓客《ひんきゃく》として招かれていた。

国連軍としての保護活動を理由に武力行使に踏み切った以上、心情的には戦勝という言葉を訂正《ていせい》してもらいたいと思っている。ただ、疲弊《ひへい》したこの国の人々の士気や団結を維持するためには、仕方のないことだと諦めた。

式典においてハミエーアは、〝義勇軍〟として戦った自衛官達に対して、最大級のもてなしを約束した。勲章《くんしょう》の授与なども予定されている。

だが、隊員達にとって最も重大な関心事は、やはり元の世界に帰還できるかどうかだろう。

式典パーティが始まると、蕪木はそのことについて改めてハミエーアに尋《たず》ねた。

「ふむ……それなんじゃがのう……」

蕪木の問いに、彼女は少し困った表情を見せる。

言葉を選んでいるようだった。

「手立てがないわけじゃないのじゃ。しかしの、我が国だけではカブラギ殿らを元の世界に帰してやることは難しくてのう」

「そりゃあ一体どういうことなんです？」

加藤が、グラス片手に話に加わる。

「うむ、あれから調べてみたのじゃが、お主達をここへ召喚した魔法はのう、あの〝流星落とし〟同様に、古代有翼人文明の遺産によるものじゃと思う」

「あの翼の生えた少女が……」

加藤は、この世界に来る前、士官室に現れた少女のことを思い出しているようだ。

「じゃから、古代有翼人文明発祥《はっしょう》の地として、その多くの遺産を保有しておる国の協力が必要なんじゃ」

「それじゃあ、その国にすぐに協力を要請《ようせい》しましょうよ！　遠い国なんですか？」

ハミエーアは複雑そうな顔をした。

「……遠いのう、確かに」

蕪木が笑った。

「大丈夫ですよ。空飛ぶ乗り物もありますし」

加藤も楽観的に彼女に言う。

「そうそう。内陸過ぎてヘリが無理なら、車輌《しゃりょう》を出してもいいですから。どこなんですか？その国」

「遠く、この海の向こうじゃ……」

彼女はテラスの向こうに広がる海原《うなばら》を見つめる。

そして、彼らに残酷とも言える事実を伝えた。

「――古代有翼人文明の発祥《はっしょう》の地は、今はフィルボルグ継承帝国の帝都じゃ」

自衛官達が絶句した。

今、何と言った？

幹部達が顔を見合わせる。

ややあって、ハミエーアが口にしたことと、その意味を理解し、呆然《ぼうぜん》とする。

自分達がミサイルを見舞い、銃弾の雨を浴びせてしまった国。

この世界の常識で言えば、もはや歩み寄りなど望めない状態になってしまった相手。

「すまぬ、カブラギ殿。仕方なかったんじゃ……」

ハミエーアは、目を伏せた。

彼女は全てを分かっていた。嘘をついてはいない。ただ、教えなかっただけである。

いっそ嘘だったら、素直に彼女を非難することもできただろうに、と蕪木は思った。

彼らは既に、この世界の混乱から抜け出ることができなくなっていたのだ。自衛隊という組織は、異世界に来てまで、権力者に利用される立場にあるらしい。重い空気が場を支配した。

だが突然、加藤が明るい表情でその場の沈黙を破った。

「……どうするかは、まあ後にしましょうよ！　全くの打つ手なしと決めるにはまだ早い」

　はっとした表情で蕪木が加藤を見た。

　飄々《ひょうひょう》として掴みどころのない、いつも通りの加藤がにっこり笑っていた。

「今は、祝いましょう！」

　そう言って、グラスを掲げて見せる。

　蕪木は、あの士官室に現れた少女の言いたかったことが、理解できたような気がした。

『あなた達に託《たく》すしかないのです……』

　彼女は、自分達に何かを期待していたのだ。自分達でなくてはならなかった。この、情けないくらいに平和に浸《つ》かりきった軍隊でなくては、自らの世界を任せることができなかった。

　戦いの後に何かを遺《のこ》すためには、戦いに秀《ひい》でているだけでは意味がない。戦うことを禁じられた自衛隊が、彼女の求める存在だったのではないか。

　これから自分達に待ち受けているものが何なのか。それは分からない。

　ただ、一つだけ分かることがある。

　あの少女は何を求めて、その身を生《い》け贄《にえ》として捧《ささ》げたのか。

　蕪木と同じく少女の気持ちを理解していた加藤は、もう一度グラスを掲げ、周囲に言った。

　彼女への、鎮魂《ちんこん》の言葉のつもりで。

「ただ、平和を……！」

◇

王城で式典が開かれている頃――

「あれ？」

久世は、大釜《おおがま》を絶えず巨大なヘラでかき混ぜ続けるという、一種の拷問《ごうもん》のような作業をしていた。すると、誰かに呼ばれたような気がした。三角巾《さんかくきん》を頭に巻き、エプロンを着た彼は、周囲を見回す。

振り返ると、一人の女性が立っていた。

「久しぶり、というほどではないな、クゼ殿。……それにしても、これは一体？」

その女性――カルダが、見慣れない機械をしげしげと観察する。

「ああ、どうも。これですか？　炊《た》き出し作業をやってましてね」

久世は三角巾《さんかくきん》を外すと、部下にしばしその場を任せて、今いる仮設テントの外へ出る。

久世小隊は、自衛隊の巨大な野戦キッチン・野外炊具《すいぐ》1型改を使い、炊《た》き出し作業中なのである。

こうして作られた食事は、家を失った被災者などに配給していた。

今の彼らの仕事は、救国の英雄から災害派遣の炊《た》き出しへと変わっていた。戦争が終わり、することがない中、何もしないよりはずっといいと隊員達も乗り気なので、本格的に部隊を上陸させて展開しているのだ。それに、災害派遣は実戦よりも自衛隊の得意とする任務である。

その献身的な態度は、元々いた世界での海外派遣と同様に、少しずつこの国の人々にも受け入れられようとしている。

だが、見たこともない魔法を使う得体《えたい》の知れない外国人、という認識がまだまだ根強く、今彼らの周囲には人気《ひとけ》がなかった。

陸自部隊が展開しているのは、都市の中央部にある公園だった。

すぐそばに、リュミが働いている教会の鐘楼《しょうろう》が見える。

以前は、緑豊かで市民達の憩《いこ》いの場であったはずの場所である。だが、帝国兵に荒らされ、現在は見る影もない。

だが、隕石による人的被害が少なかったのは不幸中の幸いだった。隕石の大半が、海に落下したのだ。

多くの市民が、復興《ふっこう》に向けて歩み始めていた。彼らの立ち止まらない力強さに、純粋に隊員達は感心する。ただ、滅亡の危機に比べれば、今の状況はそれほど苦ではないのかもしれない。不安もあるのだろうが、民思いの指導者に改めて敬意を抱いたようで、混乱はそれほど見られない。

「リュミさんにも協力してもらいましてね、戦争が原因で食糧の供給が滞《とどこお》っているようなんで、市民の皆さんには我々が繋ぎで食事を作っているんです」

カルダは公園のベンチに腰をおろし、隣に座る久世の横顔を見て小さく笑う。

「相変わらず、地味な仕事が好きな騎士なのだな、貴公は」

「派手なことをする訓練はしたことないんで」

この国を照らす陽気に汗を拭《ぬぐ》い、彼は腰の水筒から水分を補給した。

そこでようやく、あることに気づいた。

「あれ、カルダさん、その服……」

今の彼女は、黒い軍服姿ではなかった。

白いノースリーブのドレス……一見すると、チャイナドレスに似ている服を身に着けている。スリットから、彼女の長い美脚が覗《のぞ》いていた。

軽装の胸当てを着用していなければ、まるで夜会に出るレディのようである。

「うむ、もう喪《も》に服さなくてもいいと思ってな……」

彼女はそれだけ言うと、空を見上げた。

小鳥がさえずりながら飛んでいる。

久世も、そうですね、と答えるだけだった。

しばしの沈黙。

でも、と彼は考える。

彼女に対し、下手なことは言えないと思うが、自分なりの意見を言うくらいなら、許されるだろう。

「自分は、愛している人を亡《な》くしたことはありませんけど」

「ああ」

「もし自分が死んだら、愛する人には幸せになって欲しい」

水筒を腰に戻しながら、彼は苦笑して付け加えた。

「まあ、たまには思い出して欲しいと願うんじゃないかとも思いますけどね」

「忘れられないさ……」

「でしょうね」

「でも、あの人を言い訳にして前へ進まないのは、卑怯《ひきょう》だと思った」

久世は彼女の顔を見つめた。

この世界の基準だと、年齢的には行き遅れになるのだろうか？

だが少なくとも、彼女ほどの美人なら、それがハンデにはならない気がする。

彼女は、こうして自然にしているだけで、十分に綺麗《きれい》だ。

「……で、その、どうなのだ？」

「え？」

カルダが、少し言い難《にく》そうに、久世から目を逸《そ》らして尋《たず》ねた。

「に、似合うか……な？　舶来品《はくらいひん》らしいのだが」

久世は、思わずぽかんとしてしまう。

彼女からそんな言葉が出るとは想像すらしていなかった。

「え、ええ。凄《すご》く似合ってると思いますよ」

ヘタレだった。

最高に当たり障《さわ》りのない答えである。

「そ、そうか!? 本当に？」

「は、はい。本当に」

だが、彼女はそれでも嬉しかったらしい。同時に、気恥ずかしかったようで、俯《うつむ》いてしまった。

カルダにどう声をかけようかと悩んでいた久世は、ふと背後から気配を感じた。見ると、久世の部下達がニヤニヤしながらこちらを見ている。中には双眼鏡を手にしている者までいた。

「こらぁ！　持ち場に戻れぇ！　市之瀬ぇ！　てめえ双眼鏡まで持ち出してんじゃねえぞ!!」

す。

久世の部下達が蜘蛛《くも》の子を散らすように逃げていく。

カルダがこほんと咳払《せきばら》いをした。すくっと立ち上がると、懐《ふところ》から一枚の羊皮紙《ようひし》を取り出

「……っ、つまらん話をした、本題に入ろう」

「これは？」

差し出された羊皮紙《ようひし》を見つめる。久世には、羊皮紙《ようひし》に書かれている文字が読めなかった。

この世界へ召喚される時に備わったのは、会話能力だけらしい。

「女王陛下からの直々《じきじき》の勲章《くんしょう》授与の通達だ。名誉《めいよ》なことだぞ、クゼ殿」

カルダが目を細めた。

「そのため、迎えに馳《は》せ参じた次第だ」

「ちょ、ちょっと待ってくださいよ、せめてエプロンくらい外していかなきゃ……」

彼は慌《あわ》てて身支度《みじたく》を始める。

そんな彼の手を、カルダは握りしめた。

「ちょ、ま！」

「待ってられんな！　他でもない、君達への勲章《くんしょう》なのだぞ！」

「あわわわ……」

周囲の被災者達は、奇妙な緑色の服を着た青年と、飛行軽甲戦士団の将校が連れ立って

歩いていくのを、珍しそうに眺めていた。

彼女に連れられ、巨鳥の休んでいる場所へ行くと、そこにはもう一人の少女が立っていた。

紺と純白の神官服を着た、髪の長い少女。

彼女は、久世の姿を認めると、パッと表情を輝かせた。

「お待ちしておりましたわ、クゼ様！」

「リュミちゃんまで⁉」

「ええ、お陰《かげ》さまで。今日は陛下から勲章《くんしょう》を賜《たまわ》るというお話でしたので、いても立ってもいられずに、カルダ様とご一緒させてもらいました」

リュミは「さあさあ、こちらへ」と恭《うやうや》しく彼を巨鳥の鞍《くら》に乗せる。

「あ、え、ちょ、ちょっと待って」

こういうのって、離陸時の安全ベルトとかそういうものの確認はしなくていいの？

久世は慌《あわ》てて掴むところを探す。

すると、カルダが軽《かろ》やかな身のこなしで、鳥の首の付け根辺りに飛び乗った。

「よし、行くぞ」

彼女が額のゴーグルをおろし、騎手として手綱《たづな》を握って叫《さけ》ぶ。

力強く、鳥が身を起こし、地面を疾走《しっそう》し始める。

「のうわぁあああああ⁉」

鳥に乗る経験などしたことがない久世は、荒々しく地面を飛び立つ鳥の上で悲鳴を上げた。

情けない声が、南国の青い空へと吸い込まれていく。

涼やかな平和の風が、彼らを包んでいた。

超人気異世界ファンタジー THE NEW GATE
スマホアプリ絶賛配信中！
THE NEW GATE
ザ・ニュー・ゲート
スタートダッシュキャンペーン開催中!!!
ゲームを始めるだけで豪華アイテムをプレゼント！
大迫力の本格バトルRPGここに開幕――！
【Android】Google Play
【iOS】App Store
でダウンロード!
公式サイトはこちら
http://game.the-new-gate.jp/

とあるおっさんのVRMMO活動記
PCオンラインゲーム
絶賛サービス中！
ワンモア・フリーライフ・オンライン
とあるおっさんのオンライン活動記
上級クラス実装で
新たな展開へ！
キャラクター固有のスキルを自由に組み合わせ、
自分だけのコンビネーションを繰り出そう！
詳しくは http://omf-game.alphapolis.co.jp/ へアクセス！
©2000-2016 AlphaPolis Co.,Ltd. All Rights Reserved.

アルファライト文庫

本書は、2013 年 5 月当社より単行本として
刊行されたものを文庫化したものです。

ルーントルーパーズ１　自《じ》衛《えい》隊《たい》漂《ひょう》流《りゅう》戦《せん》記《き》

浜松春日（はままつかすが）

2017年 1月 27日初版発行

文庫編集－中野大樹／篠木歩／太田鉄平
編集長－塙綾子
発行者－梶本雄介
発行所－株式会社アルファポリス
〒150-6005東京都渋谷区恵比寿4-20-3恵比寿ガーデンプレイスタワー5F
TEL 03-6277-1601（営業） 03-6277-1602（編集）
URL http://www.alphapolis.co.jp/
発売元－株式会社星雲社
〒112-0005東京都文京区水道1-3-30
TEL 03-3868-3275
装丁・本文イラスト－飯沼俊規
装丁デザイン－ansyyqdesign
印刷－株式会社廣済堂

価格はカバーに表示されてあります。
落丁乱丁の場合はアルファポリスまでご連絡ください。
送料は小社負担でお取り替えします。

ISBN978-4-434-22789-9 C0193